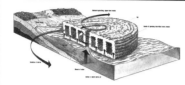

SURVIVING EXTREME WEATHER

図解 異常気象のしくみと自然災害対策術

自然地理学者、災害アドバイザー
ゲリー・マッコール ◆ 内藤典子 訳
Gerrie McCall

原書房

目　次

はじめに　005

第1章 世界の気候とその特徴　007

第2章 天気予報の
しくみと読み方　021

第3章 自分でできる家屋の補強　035

第4章 雨、霰、雹、洪水　045

第5章 台風や竜巻などの
強風に備える　075

第6章 極寒からの避難と
生き残り　103

第7章 猛暑をしのぐ水分の確保　123

第8章 大雪から身を守る　139

第9章 海や山での遭難と
サバイバル術　161

付録 関連用語集　182

はじめに

私たちは、猛威をふるう自然現象を見て初めて
その恐ろしさに気づく。洪水、極端な暑さや寒さ、
ハリケーン、竜巻、激しい雷雨などは、
自然の力がいかにすさまじいものであるかを示している。

　本書は、人の命を危険にさらす自然の脅威に対して、皆さんがこれまで以上にしっかりと備えができるようにと思って書いた。

　サバイバルとは、次々とやって来る困難に直面しながらも、それを乗り越えることである。異常気象によって、人は健康と財産の両方を脅かされてきた。来たるべき異常気象に備えて事前にしっかりと準備することは、自分の身を守るのにきわめて重要な要素となる。この本では、家を守り、水を確保する方法、火のおこし方、避難場所の見つけ方、自分の身を守る服装、雪の中を車で移動する方法、サバイバルキットの準備の仕方、暑さや寒さによる体調不良の防ぎ方、助けを求めるときの合図を送る方法など、実際に役立つスキルを紹介していく。

　気象現象を知ることは、備えの重要な一歩である。これを念頭に置き、まず世界の気候を概観することから始めたいと思う。ここでは、相互に作用しあい、この地球上の天気をつくり出している大気の力を説明し、現代の気象予報の方法について解説していく。世界の気候パターンや風、気圧についての基本的な情報が学べ、天気や異常気象の予報についてより大きな理解が得られるはずだ。

　これまでにハリケーンや洪水、竜巻、極端な暑さ・寒さに遭遇し、生き抜いてきた人たちは、生き残るための戦略を練っていたわけではない。しかし、彼らは前向きで、

冷静さを保ち、何としても生き抜くという強い意志を持っていた。前向きな考え方や不屈の精神を持ち、災害に対する基本的な備えを怠らないことが、生き残るために必要な資質なのである。

本書を読むことで、あなたは災害に対する備えの第一歩を踏み出すことができる。ここで挙げたような知識をもっていれば、たとえ異常気象が突然あなたを襲ったとしても、みんなの安全を確保するためにはどのような手段を取ればいいかわかるようになるだろう。冷静さを保ち、行動計画をもつ者は、生死を分ける場面でおのずとリーダーになる。

さらに、あなたの粘り強さや前向きな考え方が結びつけば、どんな災害に遭遇しても、生き残るためのスキルを得ることができる。

第1章 世界の気候とその特徴

気候は、私たちの服装から、家、食事、スポーツまであらゆることに影響を及ぼしている。
悪天候を避けて通ることはできないが、異常気象に対処するためにはそれを理解し、備えることが重要だ。

大気、地球の自転、海流、気候、風向き、太陽。気象現象はこれらの要素の複雑な相互作用の結果からつくられたものである。天気を左右する基本的な要素を理解すれば、あなたが住んでいる地域がどんな異常気象の影響を受けやすいかを予測できるだろう。さらに、予報された気象現象がどのようなものか知っていれば備えることもでき、危険な状況でも生き延びられる。

天気と気候

天気というのは、私たちのまわりにある大気の短期的な状況を言い表す言葉である。日々の天気は地域ごとに発表され、気象予報士によって気温、降水量、雲量が知らされる。

一方、気候は、長期にわたる気象の平均的な状態を示している。ある地域の気候パターンを知るために、少なくとも過去30年にまでさかのぼった気象観測データが集められている。これらの観測には、一日の最低・最高気温や月降水量の測定が含まれる。

地球の大気

地球は、さまざまな種類の気体からなる薄い層——大気に囲まれている。大気がなければ地球上で生命が存在することはできない。大気は私たちを隕石から守り、太陽の強烈な輻射の一部を透過させず、また私たちが呼吸するのに必要な酸素を与えてく

れる。地球の気象現象の隠れた原動力は、太陽と大気の相互作用によるもので、太陽が大気を暖めることで気団の形成や循環につながり、晴天や荒天をもたらす大気圧の差を生じさせる。

大気層

　大気層は温度プロファイルによって区分される。19世紀、熱気球乗りたちは、気球が上昇するにつれて大気の温度が下がることを発見した。対流圏内では高度とともに気温が減少するので、この発見は約9.65kmある対流圏内に関しては正しい観察だったと言える。だが1899年、フランスの気象学者、レオン・ティスラン・ド・ボールは、大気の新しい層が始まる高度約9.65kmから上では、気温が高度とともに上昇すると発表した。

対流圏——私たちが感じる天気の変化の99％は対流圏で起こる。対流圏は地表から0～10kmの間に広がり、私たちが呼吸する空気を含んでいる。気温は1km上昇するごとに平均7℃の割合で下がり、対流圏の上端、対流圏界面ではマイナス58℃まで下がる。大気中に水蒸気を多く含み、ほとんどの雲、雨などの天気現象はこの圏内で起こっている。

成層圏——地表から10～50kmの間に広がる大気層。高度24km付近にはオゾン層がある。気温は高度とともにゆっくりと高くなり、成層圏上部では4℃前後となる。

中間圏——地表から50～80kmに広がる大気層。ここでは気温は高度とともに再び下がり始め、中間圏のいちばん高いところにある中間層界面ではマイナス90℃ほどになる。

熱圏——地表から80～500kmの高さに広がる大気層。電離層としても知られ、隕石や人工衛星は地上に到達する前にここで燃え尽きる。気温は劇的に上昇し、1650℃にもなる。

外気圏——人工衛星が周回している大気層。高度500kmより上層を指し、気温は300℃から1650℃ほど。この上は惑星間空間である。

世界の気候帯

　気候は、降雨パターン、海面温度、植生分布、風のパターン、平均気温によって区分される。季節ごとの観測ではなく、数十年以上におよぶ長期的な観測データに基づいている。

熱帯気候——主に北回帰線と南回帰線に挟まれた地域に見られる。高温多湿で、降水量が多く、乾期が短い。シンガポールはこの気候帯に属する。

亜熱帯気候——雨季と乾期がほぼ同じ長さで、熱帯気候よりも気温の幅が大きい。インドのコルカタはこの気候帯に属する。

乾燥帯気候——年間を通して気温差が大き

第 1 章 世界の気候とその特徴

地球規模の大気の流れ

地球の大気には3つの大きな大気循環があり、風が生じる方向にちなんで名づけられている。赤道付近に流れ込む東からの風であるハドレー循環（貿易風）、中緯度地方の偏西風であるフェレル循環、極循環（極東風）である。

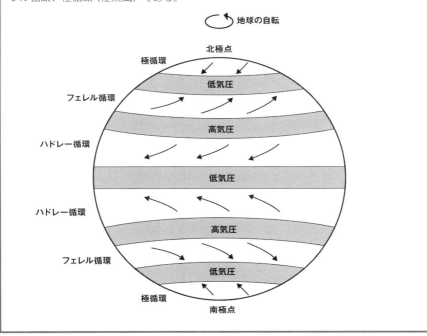

く、降水量が非常に少ない。湿度がきわめて低く、太陽の輻射のほとんどが地表まで届くため、夏には日中の温度が49℃に達することもある。オーストラリアのアリススプリングスはこの気候帯に属する。

半乾燥気候──草原が広がる地域に見られる。降水量は乾燥帯よりも多く、年間の気温変化も乾燥帯ほど極端ではない。南アフリカのヨハネスブルグはこの気候帯に属する。

地中海性気候──海に近い地域に見られ、冬は温暖で雨が多く、夏は乾燥して天気の良い日が多い。1年のうち4～6カ月はほとんど雨が降らない。イタリアのミラノはこの気候帯に属する。

海岸気候──海陸風の影響で、内陸に比べて気温の変化が小さい。ブラジルのリオデジャネイロはこの気候帯に属する。

温帯気候──年間を通して雨が降り、四季

の変化に富む。夏は温暖多湿で、冬は寒く雪が降る。スコットランドのグラスゴーはこの気候帯に属する。日本の大部分もここに属する。

冷温帯気候——温帯と似ているが、温帯より冬が厳しく、最長9カ月間続く。地下には永久凍土層が広がる。ロシアのサハリンはこの気候帯に属する。

山岳気候——標高の高い地域では、同緯度の低地より低温となる。高山気候は風が強く、定常的に雪が降る地域もある。ネパールの首都カトマンズはこの気候帯に属する。

寒帯気候——北極と南極で見られる。降水は雨として降ることはほとんどなく、ほとんどが雪である。冬がきわめて長いのがこの気候の特徴で、極地では夏には太陽が沈まない日が6か月続き、夏が終わると真っ暗な冬がやって来る。米国アラスカ州のバローはこの気候帯に属する。

陸塊と天気

大きな陸塊の存在は気温、降水、気圧に影響を及ぼす。陸塊と大気との相互作用が、雲や嵐を生み出している。また気候区

1月のおもな気圧

高気圧のうち亜熱帯高気圧は5つある。この地域では気温や気圧が一定であることが多いため、これらの高気圧は海盆の上に1年を通じて半永久的に広がっている。以下に示したのは、北半球の冬である1月に高気圧や低気圧が広がっている場所である。

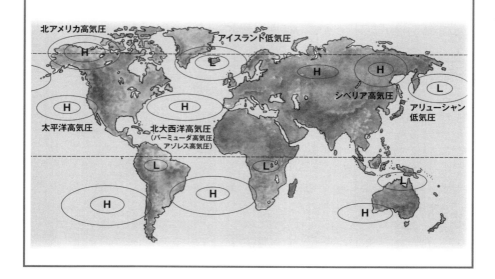

分の尺度である温度の変動幅や平均雨量にも影響を与えている。

山などの障害物にぶつかった空気はその斜面に沿って上昇し、上昇した空気中の水蒸気が凝結することで雲が生じて雨が降る。また、陸に吹きつけられた湿潤な海風は太陽で熱せられて上昇し、空気中の水蒸気が凝結して、雨となる。ハリケーンが上陸すると、海からの温かな水蒸気が供給されず、速度を落としてやがて消滅していく。半永久的な高気圧や低気圧は、大気と陸地の温度が相互に作用した結果、内陸の大陸上で生じる。とはいえ、陸塊の存在は天気に影響を及ぼす変数のひとつにすぎない。

地球規模の風

地表で受ける太陽エネルギーの量は地域によって異なる。その結果生じる南北間の気温差はさまざまな空気の流れを生み、これらの大気の循環によって、地球規模の風が生じることが知られている。この地球規模の風は、地球上のさまざまな地域の天気に直接的な影響を及ぼしており、南北それぞれの半球にはハドレー循環、フェレル循環、極循環の3つの鉛直循環がある。

7月のおもな気圧

7月になると、気圧の中心は、気温の変化にともなって大きく変化する。気温の変化は気圧の変化に影響を及ぼし、海面より暖まりやすく冷えやすい陸地の上でより顕著に現れる。以下に示したのは、北半球の夏の高気圧と低気圧の場所である。

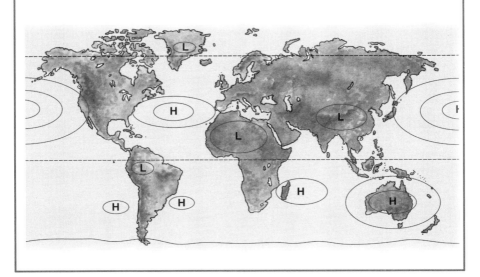

ハドレー循環──赤道付近から両半球の緯度30度付近に広がる鉛直循環。熱帯の赤道付近の湿った暖かな空気が上昇し、雲が生じて雷雨となる。上昇した空気は対流圏界面に達すると冷えて広がり、下降してつくられた高圧帯の一部が、赤道付近の低圧帯に戻る。この空気の循環は、北半球では北東貿易風、南半球では南東貿易風と呼ばれる。

フェレル循環──両半球の緯度30度から60度付近に広がる鉛直循環。緯度30度付近で下降した空気のほとんどはハドレー循環の一部となるが、この下降気流の一部は極方向に向かって流れ、緯度60度付近で冷たい空気とぶつかる。

極循環──両半球の緯度60度から極域に広がる鉛直循環。極付近の冷たい空気が下降し、南へ流れてフェレル循環にぶつかった空気が暖められ、極地付近へ再び向かう。この乾燥した冷たい風は、通常、東から西へと移動することから、極偏東風とも呼ばれる。

無風帯──両半球の貿易風が赤道付近で収束するところで見られ、熱帯収束帯（ITCZ）とも呼ばれる。この地域で暖かな海の空気が上昇するため、風はなくなる。

ジェット気流──対流圏上部にある強い風の帯。ジェット気流は気温と気圧の変化によって引き起こされ、寒気団と暖気団の境界面に沿って吹いている。寒帯前線ジェット気流はフェレル循環と極循環の境界をなし、亜熱帯ジェット気流はハドレー循環とフェレル循環の境界をなしている。通常西風だが、南北に吹くこともある。

前線

第一次世界大戦後まもなく結成されたノルウェーの気象学者の研究チーム、ベルゲン学派は、前線という概念を気象学に導入した。第一次世界大戦で兵士たちが戦った「前線」に因んでつけられたこの場所は、その名の示す通り、まさに異なる気温の気団同士がぶつかりあう場所となっている。

気団

気温や湿度がほぼ一定である大気のかたまりを気団と呼ぶ。その大きさは数平方キロメートルのものから中には数千平方キロメートルに及ぶものもあり、地球規模の風にのって移動する。

この異なる気団同士の相互作用によって天気がつくられる。気温の違う気団がぶつかったときにできる両気団の境界面、またはそれが地表面と交わっているところを前線（面）と呼ぶ。

温暖前線

暖気団が寒気に向かって進むときにできる前線を温暖前線と呼ぶ。暖気が寒気団の上の前線面に沿って上がっていくにつれて、空気は冷え、凝結していく。その結果、広範囲にわたって積雲状の雲ができて雨が降る。

寒冷前線

寒気が暖気に向かって進むときにできる

第 1 章　世界の気候とその特徴

前線を寒冷前線という。寒冷前線は温暖前線よりも移動速度が速く、局地的に天気が急変することがある。暖かい空気の中に寒気が進入して前進しようとするため、密度の低い暖気は寒気によって突然押し上げられる。暖気は常に寒気の上に押し上げられる。寒気が前線の移動にともなって前進する場合も同じだ。このように、前線によって暖気が急激に押し上げられるため、積雲状の雲が発生し、前線の通過時には雷や突風をともなった強い雨が降ることが多い。

気圧

天気に関する事象を決定する際に重要な役割を果たしているのが、高気圧と低気圧である。

高気圧

高気圧では空気が冷やされて下降気流が起こり、空気は地表面に下降し、北半球では時計回りに、南半球では反時計回りに吹き出す。空気は下降するにつれ、暖まって広がり、また下降気流が発生するため雲ができにくくなり、晴れることが多い。このような現象をアンチサイクロンと言う。

高圧帯と低圧帯の形成

空気が冷えて下降すると、高圧帯が形成される。一方、暖かな空気が上昇して広がると、低圧帯が形成される。低圧帯では上昇気流によって雲ができやすい。高圧帯から下降し、低圧帯に流れ込む空気の流れが風である。

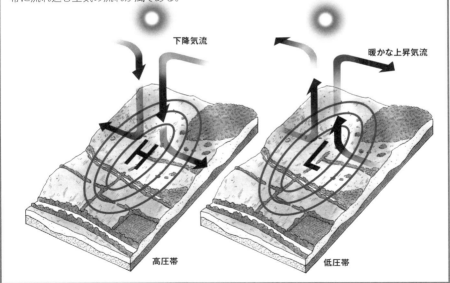

013

地球の気温の変動

科学者たちは、グリーンランドで掘削された氷のサンプルを調べ、地球の平均気温の歴史を研究した。氷の年齢は、氷床コアの深さから計算でき、氷床コアの組成は氷ができた時代の気候を示している。その分析の結果、地球ではおよそ180年周期で大規模な寒冷化が繰り返されていることがわかった。

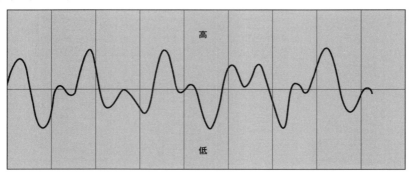

低気圧

低気圧では地表で暖められた空気が上昇して上昇気流が起こる。北半球では反時計回りに、南半球では時計回りに回転しながら低気圧の中心に向かって空気が吹き込み、空気は上昇するにつれて温度が下がり膨張する。この上昇気流によって雲が生じ、激しい雨や雷雨をもたらすが、一般に低気圧の方が高気圧に比べて影響を及ぼす範囲は狭い。このような現象はサイクロンと呼ばれる。

海流

天気と海は互いに影響しあっている。海の面積は地球の全表面積の約70%を占め、地球上の水の約97%が海水である。陸に降る雨や雪のほぼ90%が、海から蒸発する水である。

おもな海流は、貿易風や偏西風など、地球規模で吹く風に影響を受けている。陸地のまわりを温かい水と冷たい水が循環しており、海流の温度は海面温度に影響を与え、ひいては陸地の気候に影響をおよぼす。メキシコ湾流と呼ばれる暖流がイギリスに与える影響などはその一例だ。同じ緯度でも、メキシコ湾流の影響を受けない内陸の国に比べてイギリスの冬が比較的温暖なのは、メキシコ湾流のおかげといえる。

中緯度高気圧から吹き出す風は、北半球では時計回り、南半球では反時計回りに海流を動かし、寒流が沿岸を流れる地域では雨が少なくなる。これは海流の上の冷たい空気が乾燥しすぎていて雲ができにくいためである。

逆に、暖流はその沿岸地域に暖かい空気を運ぶため、暖流が海面温度に引き起こす変化によって低気圧が発生することが多い。結果としてその地域に強風と豪雨をもたらすことになる。

エルニーニョ現象

エルニーニョ現象は、1726年以前にもその発生が記録に残されているが、1982年から1983年にかけて大規模なエルニーニョ現象が発生するまでは、世界規模で着目されることはなかった。エルニーニョ現象は3年から8年ごとに繰り返され、長いものだと3年続くこともある。エルニー

ニョとは、12月下旬に南米のエクアドルとペルーの西海岸沖に到着する温かな流れのことを指している。クリスマス近く現れるので、イエス・キリストに敬意を表してスペイン語で「幼子イエス・キリスト」を意味するエルニーニョと呼ばれるようになった。

エルニーニョ現象が起きると、太平洋上で大きな雷雨の発生する場所が変わる。この雷雨は通常の高圧帯や低圧帯以上にあちこちで上層の大気をかき乱し、風のパターンを変化させるので、天気はその影響を受ける。エルニーニョ現象による影響を受けた1982年から1983年は、世界各地で多くの災害に見舞われた。ペルーやエクアド

温室効果

温室の気温は、太陽光線からの短波長が温室のガラスを通り抜け、室内で赤外線放射と長波長の熱エネルギーに変換されることで保たれている。長波長はガラスを通り抜けることができず、室内に閉じこめられるために内部の温度が上昇するのだ。地球を覆っている温室ガスの層はまさにこのガラスのような働きをしていて、温室ガスの増加は地球の気温を上昇させている。

短波長の熱波

長波長の熱波

ルでは広範囲にわたる洪水が発生し、オーストラリアやインドネシア、フィリピン、インド、メキシコ、南アフリカでは厳しい干ばつに襲われ、フランス領ポリネシアでは75年ぶりに熱帯低気圧が多発、アメリカ西海岸では強い暴風雨に見舞われた。

世界で起こる気象事象はエルニーニョ現象と結びつけることができる。人々は地球がかつてないさまざまな種類の自然災害を経験していると思うようになったが、全体としてみれば、発生頻度や程度は以前と変わっていない。気象予測の精度が向上し、異常気象の報告方法が改善されたことで、人々が異常気象に対して高い意識を持ち始めたのだ。とはいえ、世界の人口は増加しており、異常気象が人々の生活に影響をもたらすといった事態が今後も増えていくであろうことは避けられない。

地球の気温の変化

気候変動については、専門家の間で多くの議論が交わされている。地球の気温は下がっていき、再び氷河期を迎えるだろうという意見もあれば、温室効果による地球温暖化の影響がすでに危険なレベルにまで達している実例を挙げて示す意見もある。地球の気候が常に変化してきたのは事実であり、長期的に見れば、寒冷化と温暖化が繰

世界の気候の地図

気候帯の分類は、最高気温、最低気温、温度の変動幅、年間降水量及び季節ごとの降水量に基づいて行われる。天候に影響を及ぼす要因には、赤道からの距離（緯度）、高度、風、海からの距離（大陸度）、斜面が太陽に面しているかどうか（傾斜方向）がある。

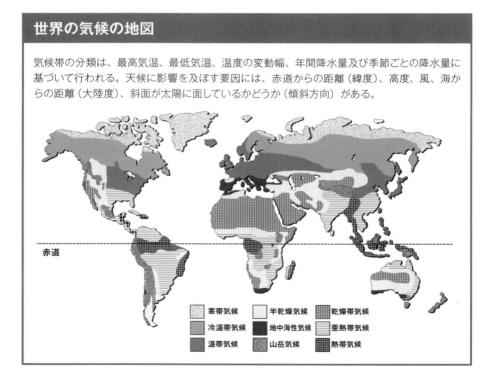

おもな海流

中緯度地方のおもな高気圧からの風は、北半球では時計回りに、南半球では反時計回りに海流を動かしている。これらの海流は、温水も冷水も遠くまで運び、陸の気候に影響を及ぼす。極地付近の海流が最も冷たく、赤道付近の海流が最も暖かい。

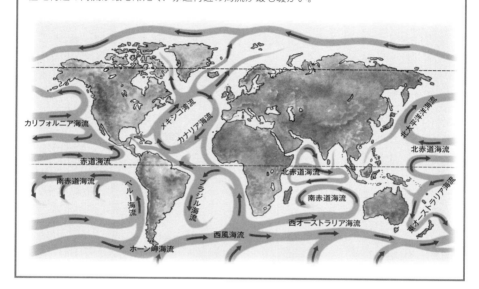

り返される傾向にある。

科学者たちはグリーンランドで氷床を掘削し、氷のサンプル（氷床コア［訳注：氷河や氷床を掘削して採取した氷の試料］）を採取した。氷に閉じこめられた空気からは過去の空気組成がわかるため、このサンプルから地球の気候変動の歴史についてさまざまなことが明らかになっている。1年ごとの氷層の厚さを調べて過去の降水量のレベルを決定し、化学的に分析することで降雨時の気温が明らかとなった。その結果、地球ではおよそ180年の周期で寒冷化が繰り返されていることがわかった。

氷床コア同様、木の年輪、サンゴ、海底、湖の堆積物などでも地球の気温の変動に関する調査が進められている。

気候変動に影響を与える要因

考えられる原因はさまざまだが、天体活動が地球の気候に与える要因としては地球に届く太陽放射量がいちばん大きなものとして挙げられる。1930年代、セルビアの地球物理学者ミルティン・ミランコヴィッチは、長期気候変動と地球の軌道変化との間には関連性が存在するという理論を提唱した。ミランコヴィッチは、地球と太陽の位

置関係に影響を与える要因として地球の公転軌道の緩やかな変化と地軸の傾きの周期的な変化をあげている。このミランコヴィッチの理論から、地球に届く太陽放射量が緯度によって異なることが説明できる。

また、火山の噴火も地球の気温変動に影響を与えており、地球規模の気候変動をもたらす可能性がある。噴火によって放出される塵埃やガスは成層圏風によって世界中に広がるおそれがあり、これらが地球表面に届く日射を遮り、短期的に地球の気温を低下させると考えられる。

約11年周期で訪れる太陽の黒点活動のピークは、地球の寒暖のパターンと関連があるとされてきた。ダストレーン[訳注：ダストが銀河円盤内に集積して濃くなっているところ]を通る太陽系の軌道と1億5000万年周期で訪れる氷河期を結び付ける学説も存在する。長期的あるいは短期的に地球の気候変動を引き起こす可能性のあ

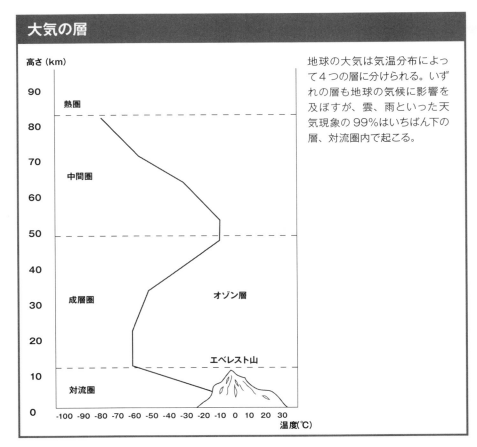

地球の大気は気温分布によって4つの層に分けられる。いずれの層も地球の気候に影響を及ぼすが、雲、雨といった天気現象の99％はいちばん下の層、対流圏内で起こる。

る事象は数多い。

オゾン層破壊

　成層圏に存在するオゾン層は、生物に有害な太陽の紫外線をほとんど吸収するとともに、地球から熱が逃げるのを防ぐ働きをしている。オゾン層の濃度が激減する領域であるオゾンホールが南極上空で発見された。南極や北極上空のオゾン層におけるオゾンの量が減少しており、科学者たちはこの急速なオゾン減少の原因は人間活動にあると考えている。オゾン破壊の原因物質として注目を集めているのがフロンガス（正式にはクロロフルオロカーボン＝ CFCs）である。1990 年代の半ばまで、フロンガスは冷蔵庫、空調装置、消火器、スプレーの噴霧剤として広く使われていた。このフロンによって上層大気で塩素化合物が形成され、オゾン層破壊の原因となった。これを受けて、世界各国でフロンガスはオゾン層にとって脅威にならない化学物質へと置き換えられていった。

温室効果

　自然に発生する温室効果ガスは、地球から逃げる熱エネルギーの量をコントロールすることで、人間が生きるのに適した気温に地球を保つ働きを見せる。だが、人間の活動によって温室効果ガスが増加し、大気の中に熱エネルギーがこもりすぎると、結果として地球の温度がいまよりも上がってしまう。さらに化石燃料の燃焼が大気中の二酸化炭素、メタン、フロン、亜酸化窒素の濃度を高め、温室効果を増大させる原因

となっている。必要以上に排出された温室効果ガスは多くの熱エネルギーを地球に戻し、地球の気候を変えていく。

地球温暖化

　この 100 年で地球の気温は約 0.5℃上昇した。この気温上昇が自然起源の要因に対して、どの程度人為的なものなのかを判断するのはむずかしい。化石燃料の燃焼が温室効果を増大させ、地球温暖化の原因となるのは事実だが、自然要因による地球環境の変化も同様に温室効果を増大させているためである。気温は気候変動のひとつの要素にすぎない。いまでは、1970 年代に起きた干ばつや砂漠拡大はエルニーニョ現象の発生により降水パターンが変化したのが原因であると一般に考えられている。覚えておきたいのはさまざまな要因が複雑に絡み合って気候に影響をおよぼしているということで、いま私たちの惑星が寒冷化に向かっているのか温暖化に向かっているのかは、あとから客観的に振り返って初めて判断するしかない。

　また、地球の気温がある方向に向かっているという主張には、反論がつきものだ。現在どちらの方向に向かっているかは、今後も継続的に地球の気候を観察していった結果、私たちのひ孫の世代になって初めて正確に判断できるというものだ。気候の微妙なバランスは、複雑に絡み合った要因の上に成り立っている。これについては、いままで同様、今後も気象学者たちのテーマであり続けるだろう。

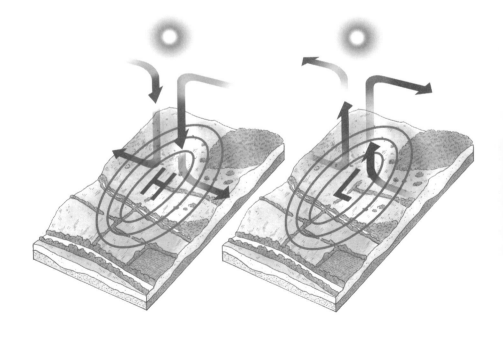

第2章　天気予報のしくみと読み方

第2章 天気予報のしくみと読み方

天気予報の方法は、科学技術の進歩によって
大きく様変わりした。かつての、植物や動物の様子を観察し、
天気を予測していた時代から、
現在では科学者たちが精度の高い衛星写真、レーダー、
計算モデルを使ってデータを集め、
世界規模の通信網を通してやりとりするようになった。

1900年9月7日、テキサス州ガルヴェストンのビーチでは、波が異様に高まっていたにもかかわらず、大勢の人が集まっていた。地元の観測所のチーフ、アイザック・クラインは気圧計が降下していくのを見て、危険な嵐が迫っていることを察知する。そこで彼はハリケーンを警報する旗を掲げたが、人々は太陽が降り注ぐビーチから避難しようとしなかったため、馬にまたがりビーチに出て、避難するよう人々に呼びかけた。しかし、クラインの言うことをだれも信じようとしなかった。こんなに素晴らしい天気の日に嵐が来ようとはだれも思わなかったのだ。それから24時間後、ガルヴェストンでは6000人以上が亡くなった。

幸いなことに、天気の予報と警報の拡散方法は、この100年で大幅に進歩した。今日では、人々が避難する時間も見積もり、雷雨の強さや進路に関する情報を前もって提供するようになっている。また、さまざまな観測データ、レーダー、衛星写真、計算モデルを組み合わせることにより、正確な予報ができるようになった。1992年にフロリダ沿岸部を襲ったハリケーン・アンドリューは、1900年のガルヴェストンのハリケーンとほぼ同じ勢力だったにもかかわらず、前もって十分な情報を提供して警報を拡散した結果、避難する時間が与えられ、死者は23人に抑えられた。

自然現象から天気を予報する方法

今日のようにテレビやラジオで気象学者が毎日の予報を提供する前から、人々は天気を知るために自然界の兆候に目を向け、動物の行動などから天気を予想してきた。たとえば、雨が降る前にアリは巣が水浸しにならないように穴のまわりの土を高く盛り、ハチは巣へ戻り、牛は牧草地で座り込む。こういった自然現象は、はるか昔から観察されてきた。

また、植物も同じで、ある種の植物は昔から嵐を告げるものと見なされてきた。松かさは湿度が高いと鱗片（ウロコ）を閉じるため、鱗片の閉じた松かさは雨天を示し、逆に開いた状態の松かさは空気の乾燥を示すとされた。

ほかにもクローバーやシャムロック、アサガオ、チコリーなど多くの植物で、湿度が高いときに花びらや葉を閉じることが観察されている。銀葉楓の葉が反り返ると雨が降り、嵐の接近にともなって湿度が高くなると植物は気孔を開き、強いにおいを放つようになる。

雨や嵐の接近は動物や植物の反応に影響をおよぼすが、天気を知るための手がかりはほかにもたくさんある。

雲

自然から天気を予想するなら、雲を観察すればいい。動物や植物の自然現象よりも確かだ。雲は凝結した水蒸気がたくさん集まってできているので、その大きさや成り立ちから気圧や気温を知ることができる。低く垂れ込めた暗い雲は嵐を示している一方、高いところにできる白い雲は晴天を示している。

一般に雲の呼び名はラテン語の呼び名を基準に、その形や高さによって言葉を組み合わせてつくられている。まず、3つの基本となる雲形を示すと——

● 積雲（ラテン語学術名は Cumulus で「小さく積み重なった」という意味）——ふわふわした雲
● 巻雲（ラテン語学術名は Cirrus で「巻き毛」を意味する）——繊維状の雲
● 層雲（ラテン語学術名 Stratus（ストラタス）、「層で覆われた」という意味）——層状の雲

接頭辞は、雲ができる高さを示している。

● cirro は、雲底が高度 7000m 付近で最も高いところにできる上層雲を示している。
● alto は、雲底が 1830m から 7000m くらいの高さにできる中層雲を示している。
● nimbo は、雨を降らせる雲を示している（ラテン語の nimbus「雨雲」に由来）。

雲の成り立ちがわかれば、将来の天気について知識に基づいた推測ができる。

積雲（Cumulus）——ふわふわした白い雲。綿でできているようにモコモコして見えるが、雲底は平たい。この雲が現れたあとに温暖前線がやって来ることもあるが、この雲が上空に向かって発達すると激しい雷雨になる可能性もある。

雲の種類

雲は凝結した水蒸気がたくさん集まってできていて、高さと形によって分類される。晴れの日の雲は高いところで白く見え、反対に低く垂れ込めた厚い雲は、嵐が迫っていることを示している。雨をもたらす積乱雲の中には雲頂が対流圏界面まで達するものもある。

- A 巻雲
- B 巻積雲
- C 巻層雲
- D 高積雲
- E 高層雲
- F 層積雲
- G 乱層雲
- H 積雲
- I 層雲
- J かなとこ雲
- K 積乱雲
- L 雨、霰、雹、突風

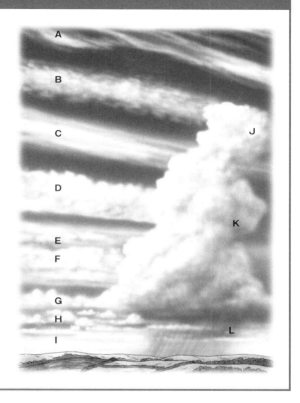

積乱雲(Cumulonimbus)——積雲が上に成長してできた雲。塔のように高く発達した巨大な雲で、雲頂は水平に広がってかなとこのような形をしている。入道雲とも呼ばれ、激しい雷雨をもたらす。気温が低いと、雪、霰、雹が降る。

雨雲(Nimbus)——空全体を覆う灰色の雲。雨をもたらす。

巻雲(Cirrus)——高い高度に出現する雲。薄く筋状に伸びているものもあれば、カールしたような形のものもある。一般にこの雲は晴れを示すとされているが、気温が低いと雲が増えて北風が吹くため、猛吹雪が起きる可能性がある。

層雲(Stratus)——低く垂れ込めた灰色の雲。層状に広がり、一部がちぎれて房のような形をしたものもある。雨を降らせる。

巻層雲（Cirrostratus）――薄いベール状の白い雲。空の広い範囲を覆い、晴天をもたらす。

巻積雲（Cirrocumulus）――うろこ状、波状の雲。いわし雲とも呼ばれる。大気の状態が不安定なときに発生し、寒冷前線が接近しているときに現れることもある。

さらに詳しく分類するために、気象学者たちは次のよう名前を雲につけている。

塔状雲――塔の形をした雲
雄大雲――大きく盛り上がった発達中の雲
毛状雲――繊維のような雲
扁平雲――小さな雲
レンズ雲――レンズ状の雲
並雲――ふつうの、中間的な雲
鉤状構造――フックのような形状の雲
波状雲――波の形の雲

気象要素の計測

17世紀以来、気象学者たちはさまざまな道具を用いて気温、大気圧、湿度、風速を測ってきた。現代では、このほかにコンピューター、レーダー、衛星などが加わり、気象学者たちの新たな道具として利用されている。

湿度

相対湿度は大気中の水蒸気の量と大気の温度によって決まる。空気中に含まれている水蒸気量とその温度における飽和水蒸気量との比で表され、測定には乾球温度計と湿球温度計のふたつの温度計が使われる。乾球温度計では気温を、球部を湿ったガーゼで包んだ湿球温度計では、水分の蒸発によって下がった温度を測る。ふたつの温度計の測定値の差から相対湿度が求められ、どちらも同じ温度なら相対湿度は100%ということになる。

松かさ

湿度の高いとき

空気が乾燥しているとき

松かさは湿度によって鱗片を開閉させる。この反応は、自然の天気予測手段として使用できる。雨が降る前は湿度が上がり、水分を吸った松かさの鱗片は閉じたままで開かないが、一方で、空気が乾燥しているときには鱗片を大きく開く。

第 2 章　天気予報のしくみと読み方

湿度に対する植物の反応

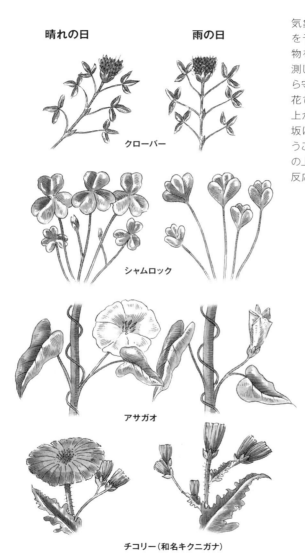

気象学者たちがテレビで天気を予報する前から、人々は植物を観察して簡単な天気を予測していた。植物は花粉を雨から守るために、湿度が上がると花びらや葉を閉じる。湿度が上がるということは天気が下り坂に向かう可能性が高いということでもあり、これらは湿度の上昇に対して目に見える形で反応する植物の例である。

自記気圧計

自記気圧計では記録紙ひと巻きで1週間分の気圧の変化を記録できる。自記気圧計に仕込まれたアネロイド（弾力性があり金属製の蛇腹構造をしている）は、気圧が上がればへこみ、下がればふくらみ、この動きはてこによってペンに伝えられる。ペンは気圧の変化にともなって上下し、ゆっくりと回転するシリンダーの上に線を描いていく。

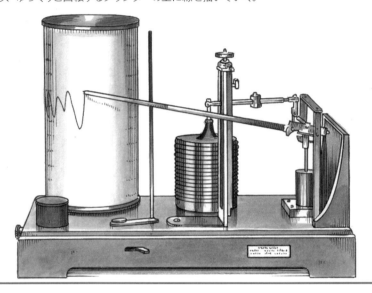

大気圧

　大気圧は気圧計で測定する。大気圧の変化は天気の変化を意味し、高気圧は晴天を、低気圧は雨天や荒天をもたらす。大気圧の測定には水銀気圧計とアネロイド自記気圧計が用いられる。

水銀気圧計

　水銀気圧計は、水銀の高さによって気圧を測ることができる。ガラス管のわきには目盛りがふってある。一端を閉じたガラス管に水銀を入れ、開いた口を下にしたまま水銀槽に立てることで水銀槽の液面に大気圧がかかるため、ガラス管内部の水銀は流れ出ない。水銀槽の液面にかかる大気圧が上がるとガラス管の水銀注は高くなり、水銀槽の液面にかかる大気圧が下がると水銀柱の高さは低くなる。

アネロイド自記気圧計

　アネロイドと呼ばれる真空の缶の収縮を測定する。気圧が上がれば、アネロイドはへこみ、下がればふくらむ。このアネロイドの動きはてこによってペンに伝えられる。ペ

第2章　天気予報のしくみと読み方

ンは、ゆっくりと回転する円柱に巻かれた記録紙に線を描き、その変化を記録する。ひと巻きの円柱の記録紙で一週間の気圧の変化を記録できる。

観測所

世界には何千もの観測所があり、観測者が3時間おきに大気の状況を測定し、それぞれの気象台に報告している。観測所では温度計や気圧計が使われていて、雨量計はある時間における降水量を記録紙に記録し、風速計は風の速さや方向を測定する。風速計のない民間の観測所では、ビューフォート風力階級が風力の尺度として活用されている。

自動気象観測所

自動気象観測所では、地上気象観測装置によって気圧、湿度、温度、風速、風向を自動的に観測している。観測結果は常時、自動的に各気象予報機関に送られ、集められたデータは予報に利用されている。

気象観測気球

上空の大気の状態を測定するため、気象観測用の気球に付けられて飛ばされたラジオゾンデが気温、気圧、風向、相対湿度を計測し、地上にデータを送っている。得られた観察結果はコンピューターを使った気象予報モデルに利用されている。

ビューフォート風力階級表

風力	風速（m/s）	名称	陸の様子
0	0.2 未満	平穏	静穏、煙がまっすぐ上る
1	0.3 ～ 1.5	至軽風	煙は風向きがわかる程度にたなびくが、風向計での計測はできない
2	1.6 ～ 3.3	軽風	顔に風を感じ、木の葉がゆれる。風向計での計測が可能になる
3	3.4 ～ 5.4	軟風	小枝が絶えずゆれ、軽い旗がはためく
4	5.5 ～ 7.9	和風	ほこりが立ち、紙片が舞う
5	8.0 ～ 10.7	疾風	灌木がゆれ始める
6	10.8 ～ 13.8	雄風	大きな枝がゆれ、電線がうなる
7	13.9 ～ 17.1	強風	木全体がゆれ、歩くのが難しくなる
8	17.2 ～ 20.7	疾強風	小枝が折れる
9	20.8 ～ 24.4	大強風	建物に被害が出始める。かわらが落ちる
10	24.5 ～ 28.4	全強風	陸上ではまれ。木が倒れ、建物に大きな被害が出る
11	28.5 ～ 32.6	暴風	陸上ではめったに起こらない。広範囲で被害が出る
12	32.7 以上	颶風	被害甚大、広範囲で被害が出る

海洋気象観測船と海洋気象ブイ

　海面温、気圧、船の速度、方向は海洋気象観測船が報告している。船の速さや方向は、船が報告する気象データと密接に結びついており、気象予測における計算の変数となる。したがって、データの解析は、船の速さや方向を加味して扱う必要がある。海洋気象ブイには係留型と漂流型があり、自動センサーが装備されていて、それぞれが気圧、乾湿球温度、風向、風速、海面温度を伝える役割を果たす。

衛星

　1960年4月、アメリカは最初の人工衛星、タイロスを打ち上げた。タイロスは雲の映像を地球に送信し、この打ち上げで気象学者たちは暴風雨の動きを追うことができるようになった。翌1961年9月にはハ

天気図記入形式

天気図記入形式は、天気図に総観気象データを記録するのに使われる。記号のシステムは、温度、湿度、気圧、風速、風向、雲の量と種類、視程を示すために使われる。

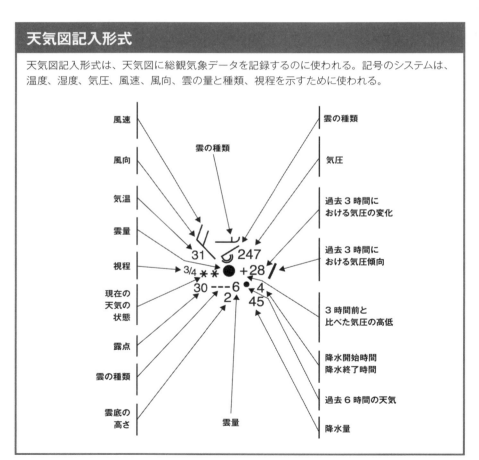

リケーン・カーラの接近を探知してその有効性を実証し、テキサス州の沿岸地域の住民35万人に避難を促した。世界各国によって打ち上げられる人工衛星のネットワークには地球規模の気象観測システムが含まれ、極軌道衛星は毎日何度も地球を回り、雲量を観測し、気温と湿度の鉛直プロファイルを報告している。また、対地同期衛星は雲を観測し、風速や風向の観測データを集めるのに使われている。この対地同期衛星が軌道を回る速度は地球の自転速度と同じなので、地上から見れば1か所にとどまっているように見える。ひとつの地球同期衛星からは全地表のおよそ4分の1しかカバーできないので、完全な画像を撮影するために5機の衛星が軌道上に上げられている。さらに、レーダーを用いて海面の状態を観測しているのはヨーロッパ・リモートセンシング衛星（ERS-2）で、これにより気象予報士は海上風を推定することが可能になった。衛星は地球からの可視光線の強さを記録する装置、ラジオメーターを使ってこれらの画像を収集しているが、夜に可視光線を検知するのは困難なため、衛星では熱赤外

ドップラーレーダー

ドップラーレーダーから放射される電波が雨滴や雪の結晶、雹のかたまりで反射され、レーダーアンテナに戻ってきた反射波の周波数変化を検知することで風向の変化を決定する。ドップラーレーダーは風の動きを示すので、竜巻の発生を予測することを可能にする。

線も使用して地球の画像を得ている。この両方を使うことで衛星は継続的にデータを提供でき、ハリケーン、寒冷前線、低気圧セルの動きを気象予報士が追うことができる。

人工衛星を所有しているのは？

極軌道気象衛星
METEOR（ロシア）
NOAA（アメリカ）

静止気象衛星
GOES-W、GOES-E（アメリカ）
METEOSTAT（ヨーロッパ）
GMS（旧ひまわり）（日本）
INSAT（インド）

レーダー

第二次世界大戦後、暴風雨の位置、動き、強さを探知し、追跡するのに使われてきたのがレーダーである。レーダーは電波の波動を発し、雨、雪、雹に反射して、コンピューターのディスプレイに表示される。降水が強ければ強いほど反射波のエネルギーが高く、降水量は強度によって色分けされる。レーダーは降水の種類も検知する。だが、旧式のレーダーには、降水の強さや位置は検知できるものの、暴風雨によって竜巻が発生しても検知できないという欠点がある。

ドップラーレーダーもまた降水の位置、動き、強さ、種類を検知するが、これに加えて風速や風向、暖気と寒気の境界面を感知できるようになった。これはすなわち前線の接近が検知できることを意味し、さらに暴風雨がない場所での風速の測定が可能であることを意味する。ドップラーレーダーは、渦巻く上昇気流の柱を検知すると竜巻の警告を発する。

ドップラーレーダーは電波の周波数の変化、すなわち風のパターンを感知する。ドップラーレーダーから遠ざかる風では反射して返ってくる電波の周波数は低くなり、ドップラーレーダーに向かって風が吹いているときには高くなる。この情報はスクリーンに表示され、気象学者たちに風の動きがわかる画像を提供する。

天気図

天気図にはさまざまな観測データが盛り込まれており、情報は地上の観測所、海上の観測船、海洋気象ブイ、上空の航空機、レーダー、気象衛星から集められる。長い間、天気図は手で書かれていたが、現在では一般的にコンピューターが使われている。

実況天気図は現在の天気の状態をまとめたものだが、予想天気図は近い将来の天気を予想したものである。天気図には描かれる場所の天気の状況が観測所や気象観測員から送られたデータを基に記入され、これには国際的に認められた天気記号が使われている。

等圧線は同じ気圧の地点を結んだ線で、等圧線が密集しているところは低気圧と関係がある傾向にあり、強い風を示す。一方、等圧線がまばらなところは高気圧や晴天と関係がある傾向にある。気圧の高いところと低いところはそれぞれ高気圧、低気圧と

第2章　天気予報のしくみと読み方

記載され、雨が降っている地域はしばしば色分けされる。気象衛星からのデータによって寒冷前線と温暖前線を特定することも可能になった。

計算モデル

　天気を予測するためには、大気の現在の状況とともに大気の動きに影響を与える自然界の法則を知る必要がある。そこで計算モデルの出番となる。計算モデルは緯度経度格子を使用しており、中はたくさんのセルとレイヤーに切られている。気象学者

たちは地表と上層の大気の観測値をこのグリッドに入力するが、この複雑なモデルだけで地表の状況を示すセルが10万個以上必要だ。地表の観測では、気温、風向、風速、湿度、土壌水分量と積雪の値が取り込まれる。これに加えて、たとえばヨーロッパ中期気象予報センター（ECMWF）の観測では、地表から高度約30kmまでの大気の層を表すレベルが31ある。こうして、ECMWFのモデルでは地球の大気の400か所以上の気温、風、湿度の将来の値が予想されている。このように計算モデルで

乾湿球温度計

乾球温度計は水銀によって気温を計測する。水銀は暖まると膨張し、冷えると収縮する。一方で、湿球温度計は空気中の水分量を測定する。この湿球温度計は球部がガーゼで覆われており、水がガーゼをつたって常に供給されている。度で測定された湿球温度計の計測値が乾球温度計の温度と比較され、相対湿度が決まる。

乾球

湿球

031

は、大量のデータをシミュレートする必要があり、正確な数値処理を行うスーパーコンピューターが必要になる。

　気温、湿度、風の観察に始まり、コンピューターはこれらの数値を時間の経過とともに天気がどのように変化するかを予想する予測方程式に書き込んでいく。日射強度、植生分布や海水表面温度の変化、雲の動き、そのほかの変数をさらに加えて数値が計算される。予報は次の12時間、24時間、48時間後まで行われ、さらにそのあとの天気も予報できる。

　コンピューター・テクノロジーの進歩で予測計算精度は向上したものの、必ずしも正確であるとは限らない。ほんのささいな変化が予報の結果に影響をおよぼす可能性があるからだ。これは気象学者たちが直面しているギャンブルである。変化しやすい自然現象に、きわめて正確な数学の方程式が適用されているからだ。

気象警報と予報

　暴風雨の接近を早めに知らせることで、人々は暴風雨に備える時間ができるが、より効果的に警告を促すには予報を迅速に広める必要がある。過去を振り返ってみると、暴風雨の警報はさまざまな形で発信されてきた。新聞は長らく天気予報を伝えるのに使われ、19世紀末には電信による警告もできるようになった。また、遠くから見え

アネロイド気圧計

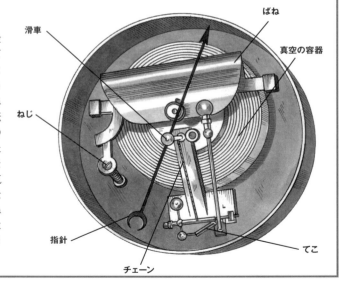

内部を真空にした金属製の容器でできていて、気圧が高いとへこみ、低いとふくらむ。この動きはばねをつたって、てこに伝わり、てこは軸の上の滑車に取り付けられたチェーンにその動きを拡大する。軸には気圧を示す指針がつながっている。指針はねじを調節することにより正しい値を示すように調整できる。

第2章　天気予報のしくみと読み方

る旗は、強風を警告するために使われてきた。だがこれらの方法にはいずれも欠点がある。週末には電信局は閉まってしまうし、新聞が印刷されて人々の手元にわたるときには、天候状況が変化しているおそれがある。また、1900年のガルヴェストンのハリケーンのときように、旗は人々に見過ごされてしまう可能性もある。

　今日、予想される天気を伝える情報源は急激に増えた。かつてテレビの天気予報と言えば夜の放送だけだったが、いまでは一日中天気予報をやっているチャンネルもある。地方のテレビ局では、竜巻や強い雷雨、ハリケーン、洪水の情報を受け取ると、ただちに警報を流し、通常のテレビ番組を中断することもしばしばである。テレビの視聴者は衛星からの画像を見慣れていて、テレビの気象予報士のなかには有名人になった人間もいるほどだ。また、ラジオ局やアメリカ海洋大気庁（NOAA）ウェザーラジオのような特別緊急チャンネルも気象警報を流すようになった。しかし今日、天気の情報を得るのにもっとも人気のある情報源といえば、インターネットだ。天気に関する最新情報が、簡単に、しかも大量に手に入った時代はかつてなかった。情報をいち早く手に入れることは自らの命を守ることにつながり、建物への被害も最小限に抑えることができる。予想される事態を事前に知れば、来るべき異常気象に備えて、建物や自分の命も守れるよう備えることができる。

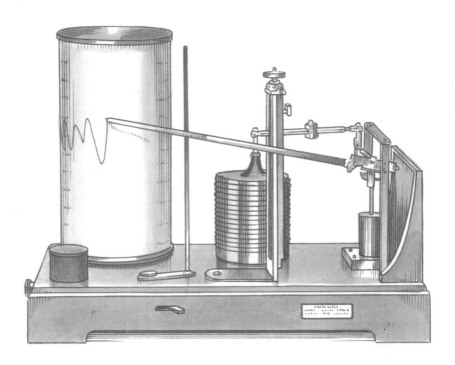

第3章　自分でできる家屋の補強

第3章　自分でできる家屋の補強

あなたの家が強風、洪水、異常な猛暑や、

寒波の被害に遭う可能性は否定できない。

だが、一時的なものから長期にわたって

家を補強する方法まで、

そして効果的に保護材を取り付ける方法から扉の補強まで、

自宅を守るために自分で対処できる方法は数多くある。

異常気象に襲われる前に備えをしよう。

　あなたの家に被害をもたらす自然災害の発生を止めることはできないが、家を守るためにできる対処方法は数多くある。それにはまず、あなたの家がどんな危険に直面しているかを見極める必要がある。あなたが住んでいるのは洪水の危険がある地域なのか、ハリケーンや竜巻に襲われる可能性が高い地域なのか、あるいは山間部なのか。自分の住んでいる地域がどんな自然の脅威にさらされているかを知るいちばんの方法は、自治体の都市計画や建築に携わる職員や技術者に、問い合わせてみることだ。また、家を守るのにどんな対策を講じているのか、近所の人にたずねてみるのもいいだろう。

寒さから家を守る

エネルギー効率

　寒い季節、家で快適に過ごしながら、エネルギー効率を高める方法はたくさんある。まずは隙間風をチェックしてみよう。最初に扉と窓、通気口をすべて閉じ、次に浴室の換気扇、レンジの換気扇など外につながる換気扇をすべて回してみる。隙間風をテストするために開発された特殊な線香もあるが、普通の線香でもかまわない。線香を窓と扉の近くで動かしてみれば、隙間があれば煙の動きで空気の流れの変化がわかる。

　扉はすべてきちんと閉まっているか確認し、テープなどの隙間を埋めてくれるもの

035

や隙間充填剤であいているところを防ぐ。駄目になった充填剤は取り換え、もし防風ドアや二重窓が家にあるなら取りつける。窓から隙間風が入るようならいずれは新しいものに取り換えたほうがいいが、一時的な応急処置なら、冬の窓用の断熱シートをホームセンター（金物店や工具店）で買ってくればいい。費用も安く抑えられるだろう。キットには、窓の大きさに合わせてカットできるシートと窓枠の内側にシートを貼る両面テープが入っているので、シートをテープで貼ったら、ドライヤーを使ってたるみがなくなるまでシートを密着させよう。これで効果的に隙間風が防げ、春には簡単にはがすこともできる。

　すべての暖炉を点検して掃除する。暖炉を使っていないときは、通気口は閉めておこう。開けたままにしておくと、暖かな空気を外へ逃がすことになってしまう。

屋根の上

　屋根板が傷んでいて雨もりするおそれがあるなら取り換える。屋根が傷つくのを防ぐため、屋根に当たる木の枝は切っておこう。同じように、暴風雨が来たときに建物の上に落ちそうな木の枝も切っておく。煙突には葉やがれきが入らないように覆いをつけて、鳥が巣をつくらないようにする。煙突のまわりの雨押えや通気管に水漏れがないかも確認しよう。雪解け水が流れるように雨どいも掃除しておく。雪の重みで屋根が落ちるおそれがあるので、暴風雨が去ったあとには木の枝や屋根から氷や雪を落とそう。

断熱材

　家を暖かく保つもっとも費用効率の高い方法は、屋根裏に断熱材を取り付けることである。断熱材がほとんど入ってない、もしくはまったく入ってないような古い家ではより効果的だ。熱は上昇するものなので、ほとんどの熱は天井や屋根裏をつたって失われる。

暖房装置

　業者を雇って暖房装置を定期的に保守点検しておく。もしプロパンガスや石油を使っているなら、冬が来る前に補充しておこう。ヒーターは吹き出し口のごみを取り除き、毎月フィルターを交換することで、暖房装置のパフォーマンスが大幅によくなり、長持ちする。また、家に省エネ温度コントローラー（セットバック・サーモスタット）をつければ暖房費を節約できる。このサーモスタットはタイマーで作動するので、スケジュールに合わせてセットしておけば、寝ているときや仕事で家にいない間は自動的に暖房を弱めてくれ、家にいる時間には家を暖めてくれる。

　シーリングファンにはたいてい反転スイッチがついている。反転スイッチを押すと、羽根が空気を上へ飛ばし、上の暖かな空気を下に戻してくれる。

配管工事

　凍結しやすい外の配管は、凍結防止用テープのような断熱材で巻いておくといい。水漏れが起こったらすぐに止められるように、水道元バルブを止める方法を確認

第 3 章　自分でできる家屋の補強

しておく。庭の水まき用ホースは水を抜いて巻き、屋内で保管する。

家の外

庭の家具などにはカバーをかける、あるいは庭に出しっぱなしにしない。プールがあるなら、濾過装置の水を抜いてカバーを掛け、プールにもカバーをかける。さらにパテで隙間を埋めておけばデッキも痛みにくくなる。花壇には根覆いをかけ、低木の植え込みは手入れしておく。

強風から家を守る

竜巻やハリケーンによって、強風で窓やドアが壊されて自宅が大きな被害を受けることもある。極端な場合には、屋根全体が家から吹き飛ばされることもあるだろう。また、庭に置いてある庭園家具が風で飛ばさ

切妻屋根

切妻屋根の形はハリケーンや竜巻による強風の影響を受けやすい。この形状の屋根はトラスの上に合板を載せて釘で打ちつけただけのものが多いからである。よって、このタイプの屋根には、筋かいの取り付けが強風から屋根を守るのに欠かすことはできない。

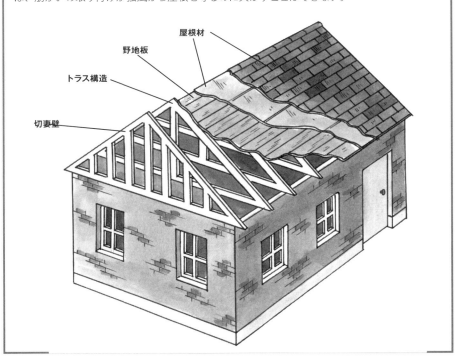

037

れて危険物になる可能性もある。自分でできる自宅の補強対策はいくつかあるので、竜巻やハリケーンの季節がやって来るまえに、必ず補強しておこう。

屋根

　強風の影響をもっとも受けやすい屋根は、しっかり固定し補強する必要がある。屋根と壁がきちんと接続されていなければ、強風の持ち上げようとする強い力に耐えきれず、文字通り家から持ち上げられてしまう。ハリケーンタイと呼ばれる金具は、強風にあおられても屋根が吹き飛ばされないようつくられたものだ。また石造壁に屋根を取りつける特別なコネクターもある。

　切妻屋根はしっかり固定しないと、強風にあおられて吹き飛ばされてしまう。このタイプの屋根は、切妻壁の面のアルファベット

トラス・ブレース構造の切妻屋根

トラス・ブレース構造の切妻屋根では、屋根全体にわたってツーバイフォー工法が使われている。ブレースを入れて補強するときには、ツーバイフォー材の端がトラスとトラスの間で重なるようにし、2.5〜3mの間隔で棟付近、中央、ベースと取り付ける。

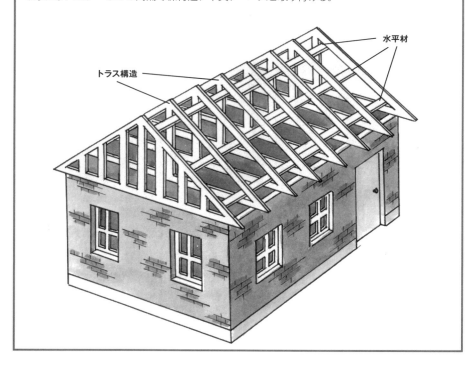

のAのような形のところに風がすべて集中してしまうため、X型にツーバイフォー材を置いて補強する。下中央から4つ目のトラスの上部中央までにひとつ、上部中央から下中央までにひとつ、ツーバイフォー材を置いておこう。

ブレースも取り付けたほうがいい。いずれもツーバイフォー材でつくられたブレースを2.5m～3m間隔でベース、中央、棟から46cmのところに入れ、ツーバイフォー材ひとつの長さでカバーできなかった部分は、トラスとトラスの間にツーバイフォー材の端が重なるように入れておく。

煙突

煙突は高ければ高いほど強風の影響を受けやすい。幅1m以上の煙突、屋根から1.8mの高さの煙突には、強風への補強のため、四隅に縦方向の鉄筋を加えるといい。

両開きドア

両開きドアには、主に開け閉めする親ドアと、必要なときだけ開け閉めする子ドアがある。この手のドアは、扉が1枚の片開きドアに比べてスペースが2倍必要なため、片開きドアほど丈夫ではなく、強風による被害を受けやすい。ほとんどの両開き

切妻とブレース

ツーバイフォー材をX型に取り付けることでさらに強度が増す。ひとつは上部中央から4つ目のトラスの下中央まで渡し、もうひとつは下中央から4つ目のトラスの上部中央まで渡す。

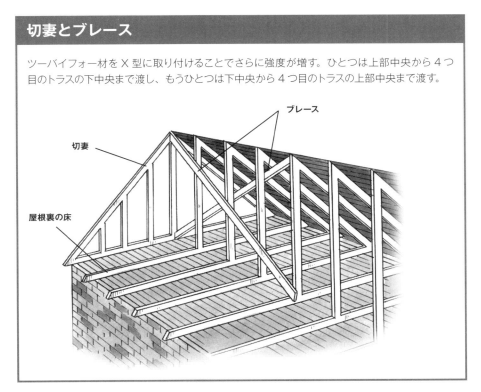

ドアでは、ドアを固定しているボルトは丈夫なものではない。いまついているデッドボルトをもっと丈夫ものに換えるか、あるいは頑丈なデッドボルトを追加するだけでも効果的である。子ドアの上と下にスライドボルトを取り付けるといいだろう。

2倍の幅のガレージドア

普通のガレージの2倍の幅があるガレージ（車2台用ガレージ）のドアも、強風であおられると揺れやすく、ドアがレールからはずれたり、倒れたりするおそれがある。強風に耐えられるよう特別に強化されたドアもあるが、通常のタイプでもそれぞれのドアのパネルに横向けにブレースをつけることで弱い部分を簡単に補強できる。強化する場合は補強でドアが重くなるので、もっと丈夫な蝶番や頑丈な補強材が必要になるかもしれない。レールが曲がってないか、ガタガタしてないかチェックしてみよう。ガタガタしていたら、もっと丈夫なレールに取り換えたほうがよい。補強し終えたドアはバランスが悪くなっている場合もあるので、ドアを半分下げて手をはなし、バランスが取れているかチェックしよう。手をはなしたあと上や下に動くようなら、スプリング

両開きドアを補強する

スライドボルト
主に開け閉めするドア
普段は開け閉めしないドア
スライドボルト

ほとんどの両開きドアで使われているボルトは、ハリケーンの強い風に耐えられるほど強くはない。両開きのドアを補強するには、使ってないほうのドア（子ドア）の上下にスライドボルトを取りつける。長めの蝶番ねじを両方の扉に使ってもいいだろう。

の調整が必要である。

防風用の雨戸

　既製の防風シャッターは半永久的に使え、一時しのぎではあるが、合板で手作りすることもできる。ガラスの引き戸でもフレンチドアでも天井の明かり窓でも、すべての窓に、強風から守るために雨戸を取り付けるようにしよう。ドアについている小さな窓も忘れてはいけない。窓につける雨戸は、実際の窓の大きさより縦横20cmずつ余分に取れば、それぞれ端で10cmずつ余裕をもたせることができる。ボルトの穴は、それぞれ角の端から6cmのところに開け、そこから30cm間隔で開けていく。さらにシートの真ん中付近にも穴を4つ開け、そこは圧力を逃がすよう開けたままにしておこう。もし自宅の窓がピクチャーウィンドウのような大きな窓なら、合板シートを2枚使い、ツーバイフォー工法で合板の真ん中と下にブレースを入れる。

　雨戸は、台風の季節が来る前につくっておこう。どの雨戸がどの窓のものかわかるように番号や文字をふって、ボルトやねじと一緒にわかりやすい場所にしまっておくとよい。雨戸の上や周囲に重い物を置いておくと、必要なときにすばやく取り出せないので、器材は取り出しやすい場所に保管しておこう。

木と、風で飛ばされる可能性のあるもの

　強風によって木がなぎ倒され、自宅の外に置いてあるものが飛ばされて危険物になることもある。木が家に倒れてこないよう、家と木の間は十分にあけておく必要がある。貯蔵庫や離れ家はしっかりとした基礎の上に建てるか、ロープや地中アンカーを使うなどしてしっかりと固定する。同様に屋外の家具、ごみ箱、鉄板もケーブルやチェーン付きの地中アンカーにつないでおく。落ちている木の枝は拾っておこう。ごみ箱のふたはケーブルやチェーンでしっかりと固定する。

ハリケーンタイ

亜鉛でめっきされたハリケーンタイを使えば、効果的にしかも安価に壁に屋根を取り付けられる。ハリケーンタイは屋根の垂木を壁の間柱に、トラスを壁の間柱につけることができる。

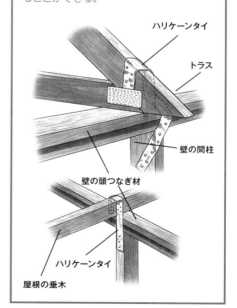

洪水から家を守る

配管設備

下水管に逆流防止弁を設置しておけば、洪水が起きたときに下水が下水管から家の中に逆流するのを防いでくれる。逆流防止弁は一時的に配管をブロックしてくれるので、逆流した場合に起こりうる健康被害を防止できるだろう。逆止弁は自動的に働き、通常は家から下水が流れているが、逆流が始まると閉まるようになっている。ゲートバルブはより密閉性が高いものの、手動式のためその場に誰かいなければ使いものにならない。

燃料タンク

燃料タンクはしっかり固定しておかないと、洪水が起きたときに、水に流され、あなたの家やほかの下流の家の外装を傷めるおそれがある。タンクが地下にある場合は、タンクとつながっているパイプがちぎれ、油が出ることもある。外にある場合はタンクをロープで結び、地中アンカーに取り付けておいてもいいだろう。いずれにしてもいちばんいいのは、洪水に耐えられるほ

車2台用の車庫のドアを補強する

普通のガレージの2倍の幅があるガレージ（車2台用ガレージ）のドアは、強風であおられるとガタガタしやすく、レールからはずれやすい。ドアの内側のパネルの真ん中に、横向けにブレースをつけるとよい。

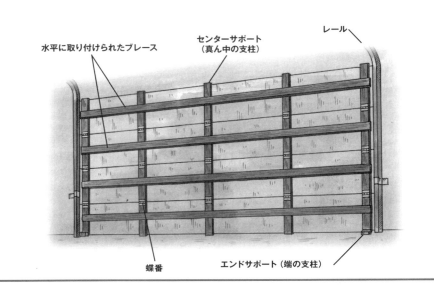

第3章 自分でできる家屋の補強

ど重くて分厚いコンクリート製のスラブの上に設置することだ。通気管にしてもオイルのパイプにしても、タンクに水が入らないようにするには、100年確率洪水の水位（第4章参照）よりも高い位置に配管しなければならない。

電気系統と冷暖房機器

メーター、コンセント、ブレーカー、スイッチなどの電気系統は、水にほんの少しでも濡れると、故障してしまうおそれがある。また水に濡れた電気系統は、ショートして火災の原因となることもあり、暖房、換気、冷却装置などの冷暖房機器も洪水によって被害を受けるおそれがある。こうならないようにするためには、100年確率洪水の水位よりも高い位置にこれらの機器を設置することだ。セントラルヒーティングや温水ヒーターなど上の階や屋根裏へ移動できないものは、そのまわりに、コンクリートあるいはレンガで防水壁をつくっておくだけでも、保護の役目をしてくれる。

保険

洪水や雷雨で被害にあったときのために、あなたの家が保険に入っているかどうか確認しておこう。持ち物を写真に撮るかビデオに録画して、持ち物とその値段を書いたリストと一緒に、金庫のような風雨に耐えられるところに保管しておこう。このように、手元に持ち物リストをもっておけば、いざ保険金請求をしようとするときに助けとなる。

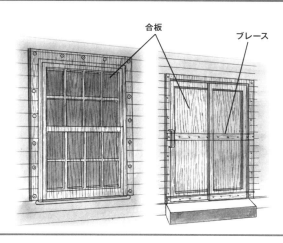

合板の防風用雨戸

合板の防風用雨戸は、強風のがれきから窓を守るには安価で効果的な方法だ。防風用雨戸は台風のシーズンが始まる前につくり、どのシャッターがどの窓のものかわかるように印をつけて、必要なときに簡単に取り出せるように保管しよう。

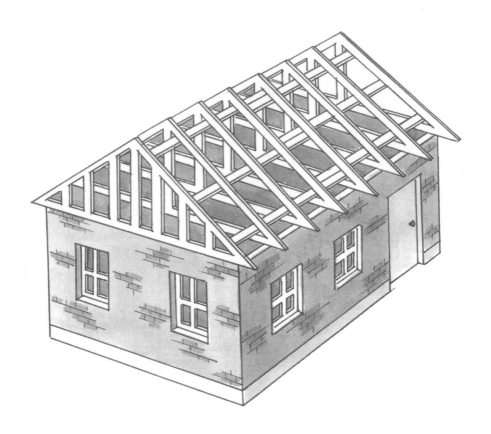

第4章　雨、霰、雹、洪水

第4章　雨、霰、雹、洪水

激しい雷雨は、ときに鉄砲水、霰、雹、雷をもたらすことがある。
毎年、この鉄砲水で亡くなる人の数は、
ほかの気象現象よりも多いという。
ここでは、洪水、霰、雹が突然起こるしくみや、
それらが生命に与える危険について紹介する。
これを理解すれば、あなたもきっと洪水や霰、雹のような
異常気象から身を守れるようになるだろう。

　地球上では、いつでもどこかで約2000もの嵐が吹き荒れており、毎日、およそ4万の激しい雷雨が起きているが、そのうち危険とされているのはたったの1%である。雷、霰、雹、洪水は私たちの財産に大きな被害を与え、時には命を奪うこともある。荒天を防ぐことはできないが、発生条件を理解し、その特性を把握することは、自分の身を守るために重要である。

降水を分類する

　大気中に含まれる何百万という小さな水滴や氷の粒（氷晶）は、雲を形成し、それが重力により、液体または固体の形で地上へ落下したものが降水である。地上に達し

たときの形により呼び名が変わる。

　雲粒同士の併合は、気温が氷点より高い、湿気のある積雲タイプの雲で起こる。雲内部の激しい上昇気流によって雲粒同士が衝突して大きな粒となり、地上に落ちるのに十分な重さになるまで成長したものが霧雨や雨となって降ってくる。地表付近の気温が氷点下なら、雨滴は途中で凍り、凍雨となることもある。

　雲の中の氷晶の成長過程は、ベルシュロン -フィンダイセン作用により説明される。これは過冷却な水滴と氷晶が混在する状況で起こり、氷晶が冷たい水滴を引き付け、大きく重く成長し、やがて雲から落下する。雲の中を落下していくときにも併合により

045

成長を続けるが、氷晶が溶けるか否かは地表付近の気温によって決まる。地表付近の気温が氷点下ならサラサラした雪もしくは凍雨となり、地表付近の気温が0℃以上ならぼたん雪となる。

雨の種類

直径0.05cm未満の細かな水滴からなるものを霧雨という。雨よりもゆっくりと落ち、雨粒間の距離はそれぞれ近い。

降雨の種類

降雨には2種類ある。直径0.05cm未満の細かな水滴が一様に降るのが霧雨、直径0.05cm以上の水滴が広く降るのが雨である。

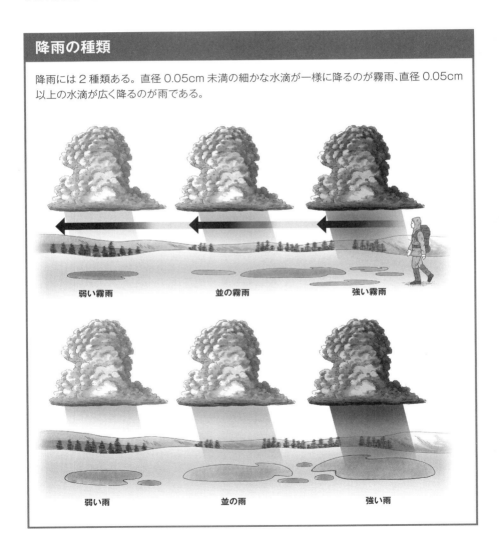

第4章　雨、霰、雹、洪水

弱い霧雨——視程が 0.8km 以上。
並の雨——視程が 0.4 〜 0.8km。
強い霧雨——視程が 0.4km 以下。

　直径 0.05cm 以上の水滴からなるのが雨で、雨粒間の距離は、それぞれ遠い。

弱い雨——1 時間当たりの雨量は 0.25cm で、1 時間も降らない。雨滴はひとつひとつはっきりと見える。

並の雨——1 時間当たりの雨量は 0.28 〜 0.76cm、雨滴は見えにくい。
強い雨——1 時間当たりの雨量は 0.76cm 以上、滝のように降り、視程が悪い。

雷雨

　激しい雷雨は、大気の状態が不安定になった結果として生じたものだ。つまり、地表の暖かな湿った空気と、上にある冷たく密度の高い空気との相互作用で生じる。ま

降雨と気温

雨になるか雪になるかは、地表付近の気温によって決まる。地表付近の気温が 0℃ 以上であれば霧雨や雨となり、氷点下であれば雪や凍雨となる。

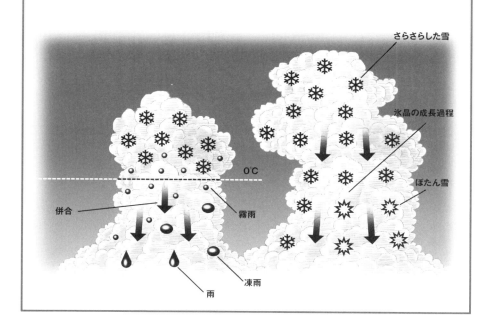

ず、暖かな湿った空気が冷たい空気の中に鉛直に進入し、積雲が成長する。この段階では上昇気流が強く、雨はまだ落ちてこないが、雲頂部では「かなとこ」のような形をした雲ができる。雲が十分に成長すると、冷たい下降気流が発達し始め、この冷たく密度の高い下降気流が上昇気流の空気の流れとぶつかり、雨を降らせる。最終段階では、下降気流が強くなって、雲を発達させる上昇気流が弱まることで雲は次第に分散していき、積雲は消え、その上に巻雲や高積雲が生じる。

寒冷前線の雨

寒冷前線は強い雨をともなうことが多い。冷たく重い空気が暖気の下にもぐりこむようにして進入し、暖気を急激に押し上げて進む。空気が乾燥していなければ、積乱雲が発生し、雷雨をもたらす。

寒冷前線がもたらす激しい雷雨

寒冷前線がもたらす激しい雷雨は、移動速度の速い寒気がくさび形に暖気団の下にもぐりこみ、暖気を押し上げるようにして進む。押し上げられた暖気は凝結し、積雲などの雲を生じて、雷雨となる。雷雨は短い時間で強く降ることが多い。

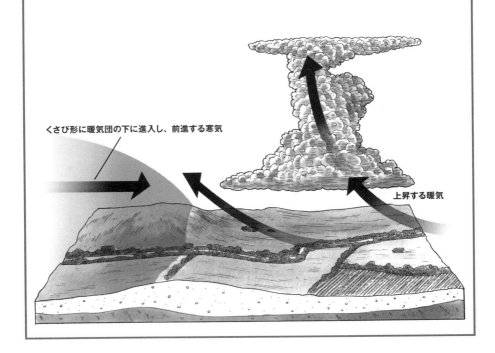

第4章 雨、霰、雹、洪水

温暖前線の雨

　暖気が寒気団に向かって進み、寒気の上に這い上がるように上昇していく。上昇した空気は冷え、水蒸気が凝結して雲ができる。初めに巻雲が前線の先端に現れ、続いて層状の乱層雲が低空に発生し、雨を降らせる。

海岸地域の雨

　海と陸地では、暖まったり冷えたりする速度に違いがある。陸は昼間に熱を吸収し、夜になると昼間にたくわえた熱を放出する。一方、海は陸より暖まりにくく冷めにくいので、気温が陸より安定している。昼間、暖かな陸の上では暖気が上昇し、そこに海からの湿った涼しい空気が吹き込み、暖気に取って変わる。この冷気は暖かな陸の上で徐々に暖まり、上昇することで雷雲が生じる。

温暖前線がもたらす雷雨

暖気がくさび形の寒気の上に斜めに這い上がるようにして上昇し、寒気は前線の移動にともなって後退し、雷雨が発生する。温暖前線は寒冷前線よりも動きが遅いので、暖気は緩やかな上昇気流で上昇する。雷雨は寒冷前線に比べて弱い。

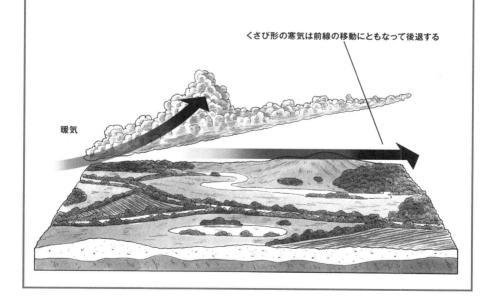

海岸地域の雷雨

海は陸よりも暖まりにくく、冷えにくい。一方、陸では、日中は海に比べて熱を吸収しやすく、夜には熱を放出しやすい。日中、陸で暖められた空気は上昇し、そこに海からの湿った空気が吹き込む。この湿った空気は徐々に暖められて、上昇し、雷雲を発生させる。

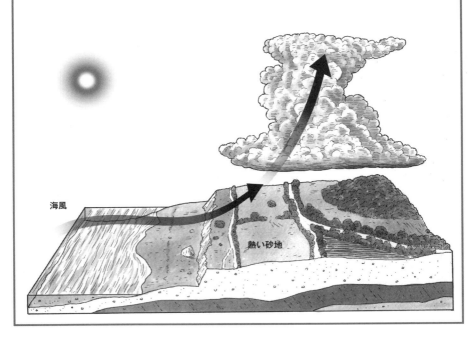

山の雨

卓越風による湿った空気は山にぶつかり、無理やり上に押し上げられる。上昇した空気は冷え、空気中の水蒸気が凝結して雲ができ、雨が降る。

雨と関連のある言葉

スコールライン──突風や激しい雷雨をともなう雲の列。暖かな湿った空気の下にもぐり、暖気を押し上げて進む寒冷前線に先行して現れ、渦を巻いた黒い雲が次々と押し寄せてくる。

集中豪雨──突然滝のように降り出す激しい雨。雨滴は目視できない。

雷をともなうスコール（サンダースコール）──近づいてくる雷雲の下、前面から吹く、雷をともなう強く冷たい風。

かなとこ雲——成長した積乱雲の上部に生じる、かなとこ状の雲の頂。

尾流雲——雲底から伸びる線状の雲。雨や雪などの降水は、雲から落下する途中で、地上に達する前に蒸発してしまう。雲の下の乾いた空気の層によって生じる。

マイクロバースト
　雲から地面に向けて吹き出す寒気のせまい柱で、その速さは時に時速240km以上になることもある。このマイクロバーストはパイロットにとってきわめて危険な気象現象で、これまでにも多くの事故が起こっている。直径が4km未満で10分も続かないことが多く、危険であると同時に見つけにくいためだ。強いものでは4分も続かないものもある。

山の雷雨

山は風にとって自然の壁となる。湿気を含んだ空気が山にぶつかり斜面に沿って上昇すると、空気中の水蒸気が凝結し、雷雲が生じる。この空気の上への流れは、太陽熱で暖まった斜面の空気が上昇することで、さらに加速される。この山の雷雨は、地形性雷雨ともいう。

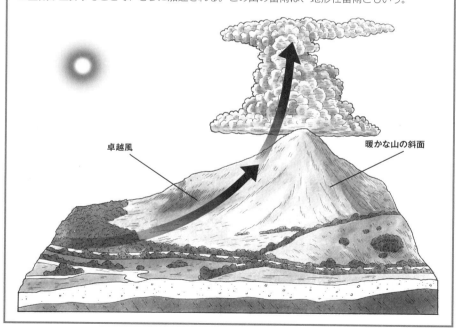

積乱雲

積乱雲は強い雨や雷、稲光、ときには霰や雹をもたらす。この雲は縦長で、雲底は平らで雲の輪郭ははっきりしている。積乱雲は、湿った空気が上昇して冷えて空気中の水蒸気が凝結したことで生じるもので、この雲のかなとこ形の雲頂は、雷雨が近づいていることを示す確かな印でもある。冷気が雲頂に達すると、重力と雨粒の落下により冷気が下がり、下降気流が発生する。

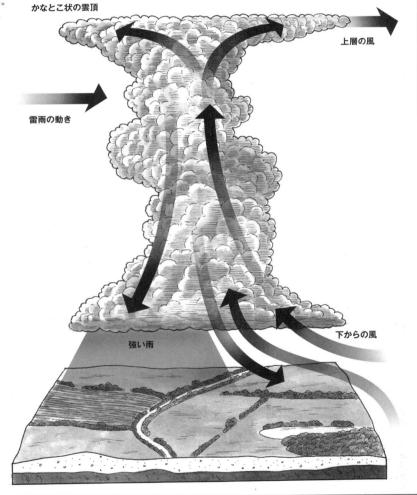

第4章　雨、霰、雹、洪水

ドライ・マイクロバースト

　ドライ・マイクロバーストは、にわか雨や雷雨の下の空気が乾燥し、雨が乾燥した空気の中で蒸発するときに引き起こされる。この蒸発で空気が冷やされ、重くなった空気は地表付近に吹きつけたあと、地面にぶつかり、あらゆる方向に広がった空気は突風となって吹き出す。ドライ・マイクロバーストが起こっている唯一の証拠が、風によって舞い上げられた砂ぼこりの光景だけということもある。

ウェット・マイクロバースト

　ウェット・マイクロバーストは、乾燥した空気が雷雨に引き込まれるときに起こる。これにより雨は蒸発し、乾燥した空気は急激に冷やされ、この冷やされた重い空気は強い降雨をともなって地表付近に吹きつける。

稲妻

　雷はとても恐ろしい自然現象のひとつである。毎年、雷が原因で亡くなっている人の数は、洪水に次いで2番目に多い。稲妻

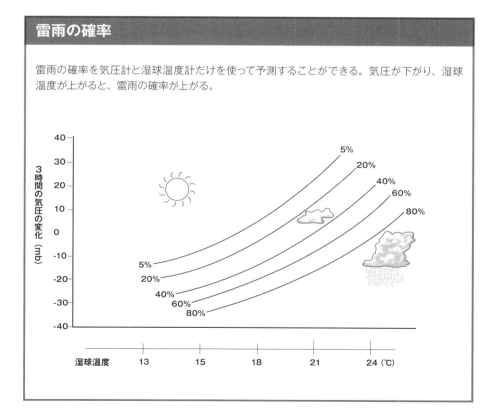

雷雨の確率

雷雨の確率を気圧計と湿球温度計だけを使って予測することができる。気圧が下がり、湿球温度が上がると、雷雨の確率が上がる。

053

の温度は2万8000℃、太陽の表面温度6090℃のほぼ5倍になる。雷は、逆に帯電した（＋と－）ふたつの粒子間に電気が走るときに起こり、雲と空気の間で発生する放電、雲の中で発生する放電、雲と雲の間の放電、雲から地面への放電（落雷、対地放電）として現れる。

通常、地球表面は負電荷を帯びているが、雲底が負電荷を帯びた雷雲は雲の下にある地表をプラスに帯電させ、この正電荷は雲の動きとともに移動する。プラスに帯電した地面とマイナス電気を帯びた雲底の間の空気がこのふたつの電荷を絶縁する役割を果たしているが、このふたつの電位差が大きくなると、プラスとマイナスに分かれていることはできなくなり、マイナスの電荷を帯びた電子の先駆放電が雲から生じる。さらにそれが地面に近づくと、木や背の高い建物のような高いところを通して、プラスの電荷をもつ線状の閃光を引きつける。こ

雷雲の一生

雷雲の発達期にはいくつかの段階がある。まず、暖かな湿った空気が上昇気流となって上昇を始め、これにより空気中の水蒸気が凝結し、雲となる。成熟期では雲頂が広がり、冷えた空気は下降気流となり、降雨をもたらす。この下降気流はどんどん発達し、最後は暖かな上昇気流はなくなって雷雲は消滅する。

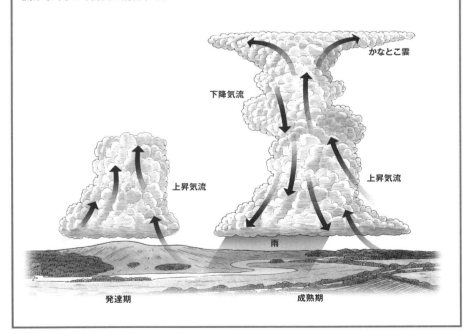

第4章 雨、霰、雹、洪水

うして先駆放電と線状閃光が出会うと最大1億ボルトの強力な電流がリターンストロークとして流れ、秒速約9万6500kmで雲に向かって移動し、これらの熱によって周囲の空気の圧力が上がり、空気は瞬時に衝撃波となって広がり、雷鳴がとどろく。

近くで雷が落ちると、ゴロゴロと雷鳴が聞こえる。離れた場所に落ちた雷がゴロゴロと音がするのは、人の耳にその音が届くまでに丘や建物など多くの物に反射しているからだ。音は1km移動するのに3秒かかる。自分のいる場所から雷までの距離を見積もるために、稲妻を見てから音を聞くまでの秒数を測ってみよう。その数を3で

稲妻の種類

稲妻とは、逆に帯電したふたつの粒子間に電気が走るときに起きる現象である。稲妻にはいくつか種類があり、雲から地面への放電、雲と空気の間で発生する放電、ふたつの雲同士の放電、ひとつの雲の中で発生する放電の4種に分けられる。この4種類のうち地面に放電するのはひとつだけである。プラスに帯電した雲頂から、雲の真下ではないマイナスに帯電したところまで移動する稲妻は、正極性放電と呼ばれる。

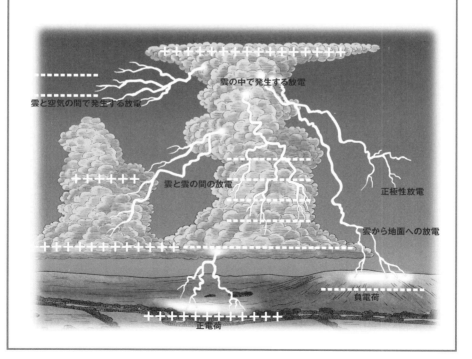

055

割れば距離がわかる。雷鳴はおよそ24km以上離れると聞こえなくなる。

稲妻の種類

線電光——雲と雲の間、雲と地面の間で起こるジグザグの形をした電光。

フォーク状電光——同時にふたつ以上の枝をつくる電光。

リボン電光——リボンのような形をした、相似形の電光が横並びに見えるもの。強風により横に流されたと考えられている。

熱の電光——雷雲のない地平線の上に現れる電光。地平線の下で発生している稲妻が反射したものと考えられている。

幕電光——雲と雲の間に発生する稲妻。電光は雲に隠れているが、光のシートのように雲全体を照らす。稲妻の中で最も一般的な形である。

ビーズ型電光——さまざまに変化する電

稲妻の成立

マイナスに帯電した電子は、先駆放電として枝分かれしながら下方向へとジグザグに進み、地表付近でプラスに帯電した線状閃光を上に引き寄せる。先駆放電と線状閃光が出会うと、強力な電流が流れ始め、プラスの電気を帯びたリターンストロークが光の1/3の速度で上昇し、私たちが稲妻として見ている電光をつくる。

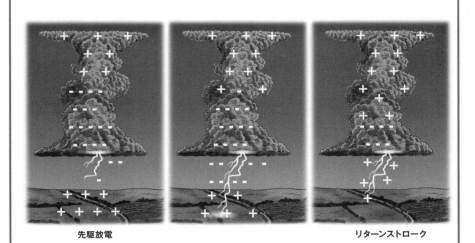

先駆放電　　　　　　　　　　　　　　　　　　　　リターンストローク

第 4 章　雨、霰、雷、洪水

光の明るさはビーズのように見えるため、真珠のネックレス(パールネックレス)や数珠電光(チェーン・ライトニング)とも呼ばれる。このタイプの電光は珍しく、写真撮影はほぼ不可能である。

セント・エルモの火——逆電荷が弱すぎて稲妻が発生しない場合に生じる。船のマストや機首の先端近くで見られる。

雷にまつわる迷信

　雷が同じ場所を二度襲わないというのは迷信である。多くの人は雨が降ってなければ雷は危険ではないと思い込んでいるが、実際に、同じ場所に雷が何度も落ちることがあり、雷は雨が降っているところから16km離れた場所で発生することもある。また、ゴム底の靴や車のゴムタイヤは雷から身を守ってくれると昔から考えられてきたが、少しも役には立たない。だが、表面がかたい乗り物の鉄骨フレームは、金属にふれない限り安全性を高めてくれるため、車内にいても、負傷の可能性はあるが外にいるよりは安全である。

助かった人の話

　1977年8月、スティーヴ・イーリーはフロリダ州のゴルフ場で雷に打たれたもののなんとか一命を取り留めた。スティーヴは先端が金属になっている傘と金属製のゴルフクラブを携帯しており、金属のスパイクが

雷のおそれがあるときはしゃがむ

開けた場所にいて近くに避難所がないときに雷に近づいてきたら、素早くしゃがむようにし、地面に寝そべるのはやめよう。できるだけ低い姿勢を取り、なおかつ表面積をなるべく小さくするためである。寝そべると雷の大きな目標になってしまう。

057

ついたゴルフシューズを履いていた。これら
の金属製品が彼を文字通り避雷針にしてし
まった。

　僕が覚えているのは、目のくらむような
稲妻の閃光と、何かが僕の体を通って自分
の体が地面にたたきつけられたような気が
したということです。もう、なんと言った
らいいのか、そのときの気持ちはとても言
葉では言い表せません。気を失っていたか
どうかも覚えてないんです。ただ、そんな
に長い時間ではなかったと思います。とに
かく気がついたら地面に倒れていたんで
す。ですが、そのときはまだ体が完全に麻
痺していることに気づきませんでした。プ
ロショップの男が一部始終を見ていて、救
急車をすぐに呼んでくれていました。僕の
200ヤード（約180m）も後ろにいた兄も、
雷で吹き飛ばされていました。兄があわて
て僕のところにやって来たとき、僕はかな
りヒステリックになっていて、兄は助けを
求めてプロショップへ走っていきました。

　父は友人と一緒にゴルフ場に着いたばか
りでした。天気の回復を待ってプレイする
つもりだったようです。知らせを聞いて、
僕がいるところまで車で向かいました。最
初のフェアウェイから外れる小さな道があ
るのですが、そこを通りかかったトラック
から何人か男たちが出てきて、トラックへ
僕を運ぼうとしました。そこに父がやって
きたのです。

　父は僕を車の後部座席に乗せて、その友
人のひとりが病院まで運転してくれまし
た。そのころになると脚の感覚が戻ってき

て、信じられないほどの痛みが僕を襲いま
した。落雷で強い筋収縮が起きていたので
す。腰の上の感覚はなくなっていました
が、すぐに戻ってきました。

　右の手のひらに痛みを感じたので、何か
と思って見てみると、親指付近の皮膚が裂
けていました。血は出ていませんでした。
あとでわかったのですが、雷で皮膚が焼け
てしまったのです。途中で救急車がやって
きて、僕は車から救急車に運ばれました。
救急隊員たちからいくつか簡単な質問をさ
れたことを覚えています。僕がショック状
態にあるかどうかを確かめようとしたので
しょう。

　病院で心拍数を確認すると200ほどあ
りました。すぐに処置が施され、心拍数が
安定すると、ほかの傷の手当てが始まりま
した。右の手のひらは皮膚を閉じるため
に10か所以上縫い（傷あとはまだ見るこ
とができます）、そのころにはほかにも体
の下まで火傷があることがわかってきたの
です。上半身には火傷の斑点がいくつかあ
るだけでしたが、足の先は重症で第3度の
火傷を負っていました。いまでもつま先に
雷の通ったあとが残っています。シャツと
ショーツには穴が開いていて、靴下と靴は
ぼろぼろになって、持っていた傘はまった
く使い物にならなくなっていました。心臓
の検査と足の火傷の手当てのため、数日間
病院に入院し、さらに退院後も2週間は松
葉づえが必要でした。

第4章　雨、霰、雹、洪水

雷雨時の安全な避難場所

雷雨が起きたときに避難する最も安全な場所は、低層の建物の中だ。建物の窓を閉め、電気機器のコンセントは抜いておこう。建物の中に避難できない場合は、車でもいい。万が一雷が車に落ちても、感電することはない（飛行機でも同じ）。ただし、ラジオなどの車内の金属部分にはふれないこと。

落雷時の危険な避難場所

落雷時には、ゴルフ場やビーチのような開けた場所や木の下は避けたほうがいい。雷は背の高いものに引きつけられるため、髪の毛が総毛立ったら、雷が落ちる前兆だと考えよう。

落雷被害者の精神健康への影響には次のようなものがある。

- 慢性疲労
- 長期記憶障害
- 短期記憶障害
- 興奮しやすくなる
- 激しい頭痛
- 運動技能の喪失
- うつ病
- 認知機能障害
- 極端な人格の変化
- 制御不可能な筋肉運動の動き
- 関節硬直
- 不安障害
- 睡眠障害
- 性欲の減退

落雷から身を守る

普段の準備

- ニュースや天気予報の情報をよく確認する。
- 洪水警報に気をつける。
- ペットの避難場所を確保する。
- 防災用品キットを手元に置いておく。

防災用品キット

- 電池式の携帯ラジオ
- 懐中電灯
- 缶切り
- 非常食

第4章 雨、霰、雹、洪水

●救急箱とマニュアル
●銀行のキャッシュカードとクレジットカード
●丈夫な靴

雷雨注意報と雷雨警報

　雷雨注意報の発令は、広範囲にわたって雷雨が発生するおそれがあることを意味する。一方、雷雨警報の場合は、局地的な雷雨がすでに発生していることを意味する。雷雨警報を聞き流してはいけない。アメリカでの落雷による死者数は、ほかの天災のそれを上回っており、世界中では毎年およそ1000人の死者が出ている。

雷雨が発生したときは

●電話を使わない。
●テレビをはじめとする電化製品のコンセントは抜く。
●電気は金属パイプを通して伝わるので、入浴、シャワーは控え、水は流さない。
●電力サージから守るため、エアコンは止める。
●車や建物に避難し、窓を閉める。
●森にいるときは、背の低い木の近くへ行く。
●船に乗っているときや泳いでいるときは、すぐに陸に上がって避難場所を探す。
●電池式ラジオで最新ニュースを聞く。
●背の高い木や、金属性の物、柱から離れる。
●しゃがんで、膝の間に頭を入れ、両手を膝に置く。肌がチクチクしたり、髪の毛が総毛立つのを感じたりしたら、近くに雷が落ちる前兆である。

●落ち着いて行動する。

雷雨のあと

●もし近くに落雷の被害を受けた人がいたら、応急手当てを行おう。雷に打たれた人は電荷をもっていないので、身体をさわっても感電することはない。被害者の心臓が動いていなかったら、心臓マッサージと気道確保を行う。
●電気配線が被害を受けていたら電力会社に報告する。
●保険代理店に連絡を取って、落雷による財産の被害状況を報告し、保険金請求ができるようにする。
●もし外出先にいても、道路の損傷状況が確認され、緊急避難道路が公表されるまでは家に戻ろうとしない。

雹と霰

　雹や霰は、最も大きくて重い降水である。雹は農作物を台無しにし、車や家に被害を与え、極端な場合には動物や人間の命を奪う危険性もある。1986年にバングラデシュで発生した嵐では、1kg以上の重さの雹が降り、92人も亡くなっている。大きな雹だと当たって死亡する危険性もあれば、その下に埋もれて低体温症で亡くなることもある。雹や霰は予報するのがむずかしく、それらをともなう嵐はたいてい突然やって来る。

　雹は同心円状の層状構造をしている。小さな氷の粒が積乱雲の中の上昇気流や下降気流に乗って巡回するように上昇と下降を繰り返し、ほかの氷の粒とぶつかってひと

061

まわり大きく重くなってできたものが雹であ
る。上昇気流が速ければ速いほど、雹は大
きくなり、重くなって上昇気流が支えきれな
くなったものが雲から落下していく。雹を
半分に切断して層を調べれば、その形成過
程で雲の中を何回巡回していたかを見るこ
とができる。それぞれの層が1回分の巡回
を表しており、これまでに25の氷の層か
らなる雹が記録されている。

雹、霰の種類

雪霰——不透明で丸い。豆粒ほどの大きさ
で小さな雪玉ぐらいの堅さをもつ。

氷霰——雪霰が芯となり、外側が薄い氷の
層でできている。比較的透明である。

雹——雪霰や氷霰よりも大きい。氷が何層
かに重なったもので、外側は雪でできてい
る。

被害に遭った人の話

　1960年代の初め、ジーナ・モンゴメリー・
ブルーアーは、ニューメキシコ州ジャルでひ
どい嵐に遭遇した。

　雹は最初、小さな豆粒ぐらいの大きさ
で、柔らかく、危険ではないように思いま
したが、すぐに地面は濡れ、道は白く柔ら
かな雹で覆われていきました。そこへいき
なりドスンという大きな音が聞こえまし
た。雹はいつの間にかゴルフボール大に成
長し、硬くなって速い速度で降ってきたの
です！　父が急に車を止め駆け出していっ

たかと思うと、ますます大きくなる雹から
必死に走って逃げていた小さな男の子を抱
き上げました。
　それからはおそろしくてたまりませんで
した！　父が車庫に車をすべり込ませる
と、私たちは恐怖にひきつった眼を見開い
て家に猛ダッシュしました。母や祖母、妹
たちは窓から外を見ていました。ああ、も
うこれで最悪の事態は終わった！　と思
いました。祖母はエプロンの端をぎゅっ
と握りしめ、台所の窓から買ったばかり
の1962年製のシボレー・ノヴァをじっと
見つめていました。雹はゴルフボールの大
きさから野球ボール大へ、さらにグレープ
フルーツほどの大きさまで成長していきま
す。巨大な氷のかたまりで自分のピカピカ
の新車が傷だらけになっていくのを目の当
たりにし、祖母の顔がゆがんでいくのがわ
かりました。やがてどうすることもできな
いとわかると、祖母は泣きだしました。い
らだった父は、短くなった葉巻の吸いさし
をくわえたり離したりしながら、なすすべ
もなくその場に立ち尽くしていました。し
まいには火のついた方を間違って口に入れ
てしまい、もうどうしていいのやらわから
ないといった感じでした。唯一、母だけが
こんな嵐と混乱のさなかでもいつも通り穏
やかで——私たちみんなに、嵐はすぐにお
さまるからと断言するのでした。
　突然、すさまじい強風がリビングの窓か
ら小さな涼風扇に吹き付けました。それは
もう怖くて怖くて……いとこと私は窓から
飛んできた巨大な雹を飛び跳ねてよけまし
た（はたから見たら、さぞかしおかしな光

第4章 雨、霰、雹、洪水

風速と雹の大きさ

雹の大きさは、雲の中の上昇気流の速さによって決まる。ここに示したのは、雹の大きさとその雹ができるのに必要なおおよその上昇気流の風速である。

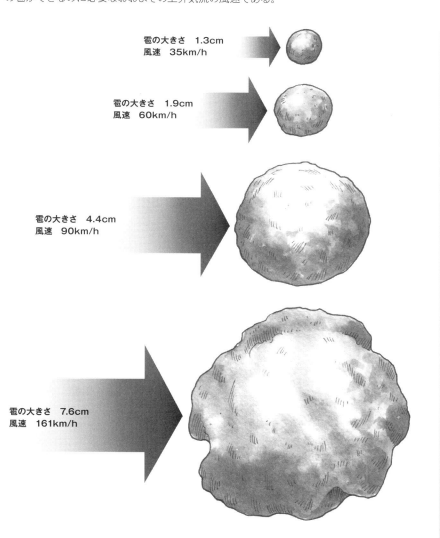

雹の大きさ　1.3cm
風速　35km/h

雹の大きさ　1.9cm
風速　60km/h

雹の大きさ　4.4cm
風速　90km/h

雹の大きさ　7.6cm
風速　161km/h

景だったでしょうね――ふたりとも、嵐に狙われたボウリングのピンのようでしたから）。家の南側の窓が全部割れても、まだ雨や雹は降っていました。その音といったら、バッファローの大群にドスンドスンと屋根を踏みつけられているかのようで……私たちの小さな家にはもう安全な場所はどこにも残っていませんでした。

まもなく雹は始まったときと同じように突然やみました。やむと同時に近隣の家からみんな出てきて、被害状況を見て回りました。水浸しになった庭、折れた木々、粉々になったガラス、つぶれたフェンス、ぼこぼこになった車。近所の人たちが、互いに掛け合う大きな声があちこちから聞こえてきました。「大丈夫だった？」

雹や霰から身を守る

雹や霰は突然降り出し、あっという間に降りやむので、事前にできる準備はあまりない。できることといえば、雹や霰が降る前兆が最初に見られた時点ですぐに避難し、嵐が過ぎるまでじっとしていることくらいだろう。窓ガラスが割れないように、車は車庫に移動させておこう。

洪水

洪水には2種類ある。鉄砲水と、広範囲に被害をもたらす洪水である。土壌は、1時間に2.5cm以上の速度で降る雨を効果的に吸収できない。そうなると雨が流れ出て浸水を起こし、建物に被害を与え、農作物を台無しにし、人や動物を溺死させる。

洪水は突然起こる。水は渓谷に押し寄せ氾濫し、砂漠の枯れ谷に流れ出て、行く手にある車や道路、橋、家を押し流してしまう。泥の地すべりを引き起こすこともある。都市部では、地表面の大部分が雨を吸収しないコンクリートやアスファルトで覆われているので、洪水の影響を受けやすい。また砂漠では、乾燥した硬い土がなかなか水を吸収しないために鉄砲水を引き起こす。統計によると、突然の豪雨によって、いつ乾燥した川床に水が押し寄せるかわからない北アメリカの砂漠では、渇死する人よりも溺死する人の方が多く、毎年、鉄砲水で亡くなる人の数はほかの天災よりも多いという。鉄砲水は突然押し寄せるので、周辺住民たちはまさに寝耳に水の状態で襲われてしまう。

鉄砲水は周辺地域に大きな被害をもたらすが、水が引くのは早く、その影響は通常、比較的狭い地域に限られている。一方、洪水は広い地域に被害をもたらし、雨を長時間、広範囲に多く降らせる前線によって引き起こされる。増水した水が河川の流量容量を超えると、水が土手からあふれ、都市や農村は水浸しになってしまう。雪解け水で河川の水量が増加する春には、毎年洪水が発生する。また、ハリケーンも広範囲に被害を及ぼす洪水の原因となる。ハリケーンによる高潮で、すでに限界まで水が染み込んだ土壌に大量の水がもたらされるからだ。

南アジアでは、雨季になると、干ばつから集中豪雨や洪水の季節へと急激に変化する。モンスーンと呼ばれる季節風が大量の

第4章　雨、霰、雹、洪水

雨を降らせ、サイクロンによる洪水に加えて、モンスーンによる洪水ももたらす。

100年確率洪水

技術者たちは、100年に1回発生する可能性がある洪水を指す用語として、「100年確率洪水」という言葉を使う。だが、「100年確率洪水」が100年に2回以上起こることもあり、珍しいことではなくなっている。逆に、200年間で一度も「100年確率洪水」が起こらないということもありう

る。数字は、統計上の平均である。1年間に発生する確率が1%という考え方もできる。

車に乗るな

洪水では、犠牲者の多くが車の中で亡くなっている。洪水が押し寄せて来たときに、車で逃げようとして逃げきれなかったためだ。気づいたときにはもうすでに水に囲まれていて、慌てて車から脱出しようとするものの、できずに亡くなる者もいる。道路

水深60cmで車は押し流される

車は水深60cmで浮き上がってしまう。流れる水の運動量は車に伝わり、水が30cm上昇するごとに225kgの力が横から車に加わる。車は、いちど浮くと、水の力によってさらに深いところへと押し流されてしまう。

水の力

流れている水はとても危険だ。大人でも水深15cmほどで足を取られてひっくり返される危険があり、小さな波でも建物や財産に甚大な被害を与える。1953年1月31日の夜、低気圧と強風により最大3.3mの高潮が発生、北海沿岸を続けざまに襲った。この大洪水で、オランダでは各所で50の防波堤が破裂され、1800人が溺死、氾濫した農地は総農地面積の9%に達した。イギリスだけでも307人が溺死、9万ヘクタールの土地が氾濫した。

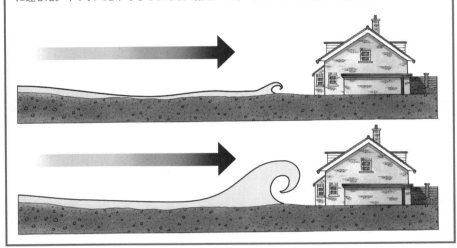

に水が流れ込むと、舗装道路の一部にあいた大きな穴が見えなくなるおそれもある。1時間に6.5kmしか移動しない洪水の水は、1平方メートルあたり約300kgの圧力をかける。もしその水の速度が2倍になり1時間に13kmで移動したとしたら、圧力は毎平方メートル1200kgと4倍になり、その圧力は劇的に上昇していく。車が浮き始めるのは、水深60cmだ。これらの事実を考え合わせると、どれだけ車で避難できると思っても、それがいかに危険な行為であるかがわかるだろう。

生存者の話

ラリー・コンは、1972年にウェストヴァージニア州で起きたバッファロー・クリーク洪水の生存者だ。洪水の原因はダムの決壊によるもので、この洪水により下流の炭鉱町は壊滅的な被害を受けた。

ラジオでは、「ダム決壊のおそれがあります」なんてしょっちゅう言っていました。でも今朝はアナウンサーだけでなく、ラジオ局のオーナーのビル・ベッケラーまで出てきて言うんです。「ダムが決壊し、次々と家が川に流されています。バッファ

第4章　雨、霰、雹、洪水

ローの住民の皆さんは高いところへ避難してください」って。「ダムが決壊する」なんていままでにラジオでさんざん聞かされていたので、その時は「またか」と思っただけで避難しようとは思いませんでした。単に人を脅そうとして言っているだけだと思ったんです。

ラジオからは情報が次々と流れてきました。屋根の上の方に登った人たちが下に降りられなくなったとか、道に流れ込んできた水の上をマットレスに乗った人が流されていくとか、家が流されたとか。「早急に避難してください」とラジオでは呼び掛けていました。

それでも僕たちは大丈夫だと思っていたんです。僕はドアを開けて、外を見てみました。するとみんなが避難を始めているのが見えて、そのとき父は少し酔っていたんですが、僕は父にこう言ったんです。「父さん、母さん、みんな避難してる」

父は弟たちを連れて高台へ逃げるように言いましたが、まだ僕は動揺していました。山を登っていった高台には、避難所のようなものはありません。でも、父がそう言うのだからと思い、僕は母と8人の弟たちを連れて高台に向かいました。僕たちはアコービルと呼ばれる平原へと車で登ったのですが、僕たちが平原に着いたときにはもう水が道の向こうまでせまっていたので、さらに上の平らな場所まで登り、そこで車から降りて町の様子を見てみました。

そこからは町全体が見渡せるのですが、突然、壁のような、大きな波が押し寄せてくるのが見えました。その真っ黒な波は

あっというまに、次々と家をダイナマイトで爆破するかのように押し飛ばしていきます。トレーラーハウスはプールに浮かぶボートのように流されていました。この大きな水の壁は、押し寄せると同時にすべてを破壊していったのです。

町の送電線が揺れ始めました。波は橋を押し流していきます。僕たちは町が破壊されていく様子をじっと見つめていました。友人の家が次々と押し流され、みんなが避難するさまをじっと見ていたのです。

僕は、ボブ・ジュードとケニー・マッコイという友人と合流しました。水はやってきたとき同じように、ドカーン！　ドカーン！と音を立てて、あっというまに引いていきました。

僕たちは水の引いた道のあちこちで遺体を見ました。遺体は、戦場のようにかたまって山になっているわけではなく、いろいろな場所に散らばっていました。あちこちで動けなくなった人々が、事切れていたのです。隣に住む病気がちの老人も、遺体で見つかりました。その前の晩、おじいさんは娘さんと一緒に過ごしていたんですよ。それが、今朝には家から流されてしまったんです。校庭で僕たちが発見したんです。隣のおじいさん、ブレアホールさんの遺体を。

この惨禍は、まるでホラー映画のワンシーンのような洪水によりもたらされた。ラリーは近隣の様子を見て回り、惨状がますます明らかになっていった。

僕が自宅に向かって路地を歩いていく

と、近所のガレージやほかの家のがれきが家の前の道をふさいでいて、道が通れなくなっていました。そこでなんとか這うようにして道を進み中庭まで行くと、家が水浸しになっていたのです。中はひどいありさまで、とても住めるような状態ではなかったので、僕たちは祖母の家へ行くことにしました。僕は、家族が祖母の家で少しでもゆっくりできるように、学校の避難所に寝泊まりすることにしました。

　僕はバッファロー・クリークのキストラーにあるフレッド・オスボーンの家へ向かいました。そこには友人のロイ・ブルース・ブローニングもいたのですが、ロイはこの洪水で何もかも失っていました。妻のドナも子供のブルーシーも。ふたりとも洪水で流されてしまったのです。その夜は、まるで悪夢のようでした。僕たちは、ふたりの遺体が発見されたかどうか確認するために、仮の遺体安置所へ何度も足を運びました。そしてある日、ドナが発見され、間もなく子供のブルーシーも発見されたんです。それはもう胸が締め付けられるような思いでした。たくさんのお葬式が行われ、たくさんの人が埋葬されたことを覚えています。本当に痛ましい出来事でした。

洪水から身を守る

普段の準備

◉水害に強い家になるよう対策を講じる（これについては第3章でふれている）。
◉自宅の場所が洪水氾濫危険地域内にあるかどうか、地元の自治体の担当部署に確かめる。

◉避難が必要になった場合に備えて、家族と相談して避難場所を決めておく。避難場所は危険地域の外にあって家族が行ける場所がよい。たとえば、高台にある友人の家や親せきの家、あるいは高台にある避難所やモーテルでも構わない。
◉危険地域の外に住んでいる友人や親せきに頼んで、家族の連絡係になってもらおう。洪水後は、長距離電話の方がかかりやすい。家族みんなに、連絡係の名前、住所、電話番号を教えておく。こうしておくと、洪水で家族がバラバラになっても再会しやすくなる。
◉洪水警報が出された場合の対応の仕方を家族全員が把握しておく。
◉いつどのようにガス、電気、水道が止まるかを家族全員に教える。
◉しっかりと固定できないごみ箱や庭園家具、鉄板は、屋内に収納する。
◉写真、法的文書、宝石類のような大切な物は上の階へもって行く。
◉地図上に避難ルートをいくつか書いておこう。洪水で通行できなくなる可能性もあるので、候補は複数考えておく。
◉防災用品は簡単に取り出せる場所に保管しておく。
◉シャワーや浴槽の排水溝をふさぐためのストッパーを用意する。こうしておくと洪水の水が配管を通って家に浸入しない。
◉給水が中断された時のために浴槽をきれいな水で満たしておく。シンクや浴槽は塩素剤で殺菌し、十分にすすいだあと、飲用水を入れる。
◉土嚢を用意しておき、家屋への浸水を抑

第4章　雨、霰、雹、洪水

サバイバルキットの中身

サバイバルキットには懐中電灯や電池式ラジオ、ペットボトルに入った飲料水、缶詰食品、アルミホイル、ビタミン、食器用洗剤、缶切り、万能ナイフ、レンチ、紙と鉛筆、ゴミ袋などを入れる。

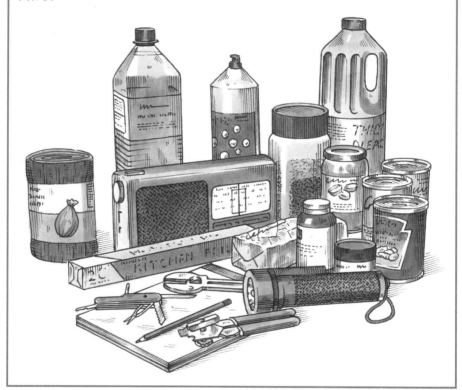

える。
- 車と防災用品キットに最新の地図を入れておく。
- 車のガソリンを満タンにしておく。
- テレビもしくはラジオのニュースの洪水警報に注意する。
- 避難するときは、ペットも連れていく。

防災用品

水

　家族ひとりに対して13.5リットルの水をストックしておくと役に立つ。水はきれいなプラスチック容器に入れ、半年ごとに新鮮な水と入れ替える。もし、緊急時に真水の飲料水がない場合は、角氷を溶かすか温水

タンクの水を使う。最後の手段として、トイレのタンクの水を使う。便器の水は使わない。

　もしこれらが利用できない場合は、汚染水を5分間沸騰させて使う。もしくは家庭用塩素系漂白剤を10リットルの水につき2～3滴落としてかき混ぜ、30分間置いておけば、飲料水として使用できる。

食料

　電気、ガス、水道といったライフラインが停止するおそれがあるので、少なくとも保存のきく食料品を3日分ストックしておく。調理や冷凍をする必要のない食料品を選び、年に1度買い替えよう。

- ◉缶ジュース、缶入りの牛乳、缶のスープ
- ◉ピーナッツバター、グラノーラ・バー、ドライフルーツ＆ナッツ、ビスケットなどの高エネルギー食品
- ◉インスタントの缶詰肉、缶詰のフルーツと野菜
- ◉ビタミン
- ◉幼児、高齢者のための特別食
- ◉クッキー、飴、甘いシリアル、ティーバッグ、インスタントコーヒー
- ◉缶切り
- ◉紙皿、プラスチックのカップやカトラリー、キャンプ用メス・キット
- ◉食器洗い用の液体洗剤
- ◉アルミホイル、キッチンタオル
- ◉保存のきくペットフード

救急箱

- ◉いろんなサイズのばんそうこう
- ◉いろんなサイズの滅菌ガーゼ
- ◉粘着テープ
- ◉三角巾
- ◉脱脂綿と綿棒
- ◉はさみ
- ◉ピンセット
- ◉縫い針
- ◉消毒剤
- ◉ヨードチンキ
- ◉体温計
- ◉せっけん
- ◉いろんな大きさの安全ピン
- ◉ウェットティッシュ
- ◉ゴム手袋
- ◉日焼け止めクリーム
- ◉防虫剤
- ◉アスピリンまたはほかの鎮痛剤
- ◉処方薬
- ◉下痢止め剤
- ◉便秘薬
- ◉胃の制酸薬

衣類と身の回り品

- ◉衣類、丈夫な靴、雨具の替え
- ◉毛布または寝袋
- ◉車のスペアキー
- ◉トイレットペーパー
- ◉洗面道具や衛生用品
- ◉予備の眼鏡やコンタクトレンズ
- ◉クレジットカードとキャッシュカード
- ◉本
- ◉子供のおもちゃ

第4章　雨、霰、雹、洪水

ペット

◉ ペットが逃げてしまうのを防ぐため、家を空けるときにはペットは置いていかない。

◉ ペットの首輪には、最新の情報が載ったIDタグをしっかりつけておく。

◉ 緊急時にペットを連れて逃げる場合、ペットがパニックになって逃げることのないよう、ペット用のキャリーバッグやリード、ハーネスは頑丈なつくりのものを選ぶ。

◉ ペットが迷子になった場合に備えて、ペットの写真は常に新しいものを持っておく。

◉ 洪水発生時には、絶対にペットを鎖につないだままにしておかない。

◉ 前もってペット用のサバイバルキットを準備しておく。

◉ 緊急避難所はペットの受け入れをしていないところが多いので、ペットを受け入れてくれるホテルを事前に調べておくとよい。

◉ 避難するとき、どうしてもペットを家に置いていかざるをえない場合は、屋内の安全な場所にペットを移動させておく。ユーティリティルームや浴室のような簡単に掃除できる場所を選び、窓のある部屋はやめる。万が一、部屋の水位が上がったときにペットが高い場所へ逃げることができるよう、棚や机、カウンターのある部屋を選ぶ。犬と猫を飼っている場合は、それぞれ別の部屋にする。ペットの種類、家の中の居場所を書いたメモを表の扉に貼っておく。連絡先の番号とかかりつけ獣医の番号もメモに書いておこう。

ペット用のサバイバルキットの中身

◉ 保存のきくペットフード

◉ ペットボトルに入った飲料水

◉ 薬

◉ 獣医の診察記録

◉ 迷子になったときに探す手がかりとして有用な写真

◉ 猫のトイレ

◉ 食器

家畜

　家畜は可能な限り避難させる。避難経路、避難先などはあらかじめ検討しておく必要がある。食料や水はもちろん、家畜に対する医療体制や施設が整った避難場所を選ぼう。また輸送の際の輸送車には、動物の扱いに慣れた者に同乗してもらうとよい。家畜の避難が不可能な場合には、家畜小屋あるいは別の避難施設に家畜を入れるか、外に放しておくかを決めねばならない。避難施設が頑丈かどうか、また避難施設の場所も考えた上で判断しよう。

洪水時の緊急用カーキット

　キットは車のトランクに入れておく。

◉ ブースターケーブル

◉ 救急箱と救急法のマニュアル

◉ 電池式ラジオ、懐中電灯、予備の電池

◉ 毛布

◉ 小さな消火器

◉ ペットボトルに入った飲料水と、グラノーラ・バーやレーズンのような保存食

◉ 地図、シャベル、発煙筒

◉タイヤリペアキットとポンプ
◉傘
◉公衆電話用の小銭

工具と資材
◉電池式ラジオ
◉懐中電灯
◉予備の電池
◉ポケットナイフ
◉防水バッグの中に入れたマッチ
◉水道、ガスを止めるためのレンチ
◉ゴミ袋と紐
◉紙と鉛筆
◉家庭用漂白剤

洪水の注意報と警報
　鉄砲水の注意報が出されたら、油断せず十分な備えをしよう。洪水の兆候があれば、ただちに避難準備を行う。鉄砲水の危険が迫っていることに気づいたら、もしくは警報が出されたら、すばやく行動し、高台に避難すること。数秒で家が水浸しになることもある。

洪水が起こったときは
◉洪水の危険が迫ってきたら、速やかに避難する。
◉通行止めの表示がある場所に車で進入しない。
◉車で排水管やかんがい用水路に近づかない。
◉洪水の区域に車で進入しない。もしその区域に行き当たったら、別の道を見つけよう。

◉車が失速したら、すぐに車から降りて高台に移動する。たとえ洪水で車が押し流される可能性があっても、車中にいるよりましである。
◉洪水の区域に徒歩でも進入しない。深さわずか15cmほどの水でも、足をすくわれてひっくり返される危険がある。
◉切れて地上に垂れ下がった電線は避ける。水は電気をよく通すので、感電死は洪水の大きな死亡原因となっている。
◉家に入り込んだヘビに気をつける。
◉水位が上がり家に閉じこめられたら、上の階や屋根裏に移動し、必要なら屋根の上に登る。
◉救助隊を待って見つけてもらう。自分で安全なところまで泳ごうとしない。
◉土嚢を設置し、家屋内への水の浸入を抑える。
◉家に錠を掛ける。
◉戸外にいる場合は、高台に上がって待機する。

洪水後
　各自治体が安全を認めるまで、自宅に戻らないこと。

◉自分や周囲の人がけがをしていないか確かめ、必要なら応急処置を行う。
◉被害を受けた建物に入る前に、その建物が構造的に安全かどうかを確かめる。激しく損傷した建物は倒壊するおそれがある。
◉天井がドアの上に崩れかかっている場合は、天井がいますぐにでも崩壊するおそ

第4章　雨、霰、雹、洪水

れがある。どうしてもドアを開ける必要
があるときは、がれきが落ちてこないか
確かめてから中に入ろう。

●室内では懐中電灯を使い、マッチやライターなど炎の出るものを使わない。ガスが室内にこもっている可能性もあるので、爆発を起こすおそれがある。

●天井にたるみがないか調べる。もしたるみがあるようなら、いますぐにでも倒壊する危険性がある。

●ガス漏れを調べる。ガスがシューシュー音を立てていたり、ガス臭いと感じたりしたら、窓を開け、すぐに建物から出よう。外にある元栓でガスを止め、携帯電話や公衆電話、近所の家の電話からガス会社に電話する。

●電気系統の被害を調べる。もしワイヤが擦り切れていたり、火花を見つけたりしたら、あるいはコードが焦げるにおいがしたら、ブレーカーのスイッチを切る。水中では絶対に行わないこと。

●できるだけ早く保険代理店に電話をかけ、被害届を出す。

●電気技師がシステムの安全を発表するまで電源を入れない。

●自治体が水道の安全を発表するまで、飲料水や食事に使う水を最低5分間、煮沸する。

●洪水の水は不衛生で、がれき、さびた釘、割れたガラスの破片などが混じっていることもあるため、水の中を歩くときは気をつけよう。滑りやすい有害な泥がたくさん混じっていることもある。

●家はすぐに洗浄し、汚水や有害物質を取り除く。水に浸かった食品や薬は廃棄する。

●水の中で子供たちを遊ばせない。洪水の水は不衛生で、割れたガラスの破片など危険物が混入している可能性もある。また、子供は溝に流されて、溺死することもある。

●被災区域をあちこち歩き回らない。救助活動の妨げになることもあり、危険である。

　大きな洪水に巻き込まれ、特に自宅が被害を受けた場合などは、トラウマになることがある。洪水の後は、心身の健康維持に努めることが重要である。よく食べ、十分に睡眠を取り、無理をしないことが大切だ。やらなければいけないことをリストアップし、無理のないスケジュールでひとつずつこなしていこう。

073

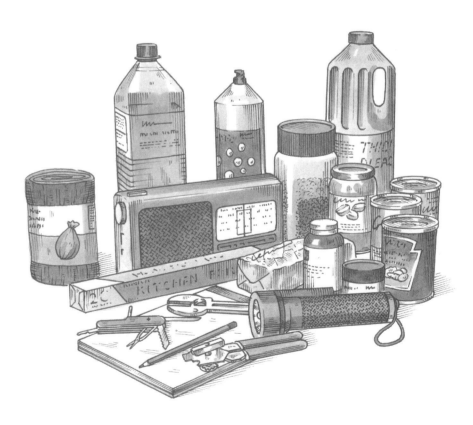

第5章 台風や竜巻などの強風に備える

巨大なハリケーンは、1週間にわたって激しい雷雨と
広い範囲に洪水をもたらす。
一方竜巻は、わずか数分で周囲に壊滅的な被害を与える。
毎年、これらの嵐で何千人という人が亡くなり、
甚大な被害を受けている。
このような嵐が近づいてきたときに、どういった行動を
取ればいいかを知ることが生き残るためのカギである。

　人々は、ハリケーンや竜巻の破壊的な恐ろしい力を前にして、呆然としてしまうだろう。経験者はその恐怖から、嵐がもたらす惨禍に対して用心するようになる。広範囲にわたって被害をもたらすハリケーンに比べ、突然発生する竜巻は、被害範囲こそ限定されるが町全体を破壊してしまうほどの威力を持つ。

　天気予報の予測精度が向上したおかげで警報が前もって出されるようになり、ハリケーンや竜巻による死者数は大幅に減少した。1920年代以前は各家庭にラジオがなかったため、嵐の進路を予測した上で広範囲の人々に警報を出すことは難しかった。だが、現代では最新の気象情報を発信する

情報源が数多くあり、前もって警報が出せるようになったため被害はずっと少なくなった。

　また、現代の建築基準法をクリアした家も嵐から私たちの身を守ってくれている。家がコンクリートの上に建てられるようになる前は、石の上にただ建物が乗っていただけだったために強風の被害に遭いやすかった。また、薪ストーブが原因で火事になり、近隣の家に広がることもあった。

　1900年以降、ハリケーンや竜巻による死者数は劇的に減少しているが、逆に被害額は急増している。これにはいくつかの要因がある。たとえば、インフレの影響によって、同じ家の値段が100年前に比べて高く

なってしまったこともそのひとつである。また、ハリケーンが上陸する海辺や土砂崩れが起きやすい丘といった限界地域に家を建てる人が増えていること、もっと単純に、世界の人口の増加とともに建造物が増えていることも要因として考えられる。これからさらに建造物が増加していけば、それとともに被害額も増加していくことは間違いない。

■ ハリケーン

ハリケーンとは、最大風速が時速119km以上の熱帯低気圧をいい、その中心にある比較的穏やかな「目」のまわりを渦巻く自然界に生ずる最も破壊的な嵐である。この渦は回転速度が速く、すさまじい力をもっており、ときとして風速が時速250kmの風が長時間吹き荒れて最大時速300kmに達することもある。強い雨の巨大な帯や高潮をともない、ときには竜巻を引き起こす場合もある。ハリケーンの直径は、一般に500〜800kmで、温かい水から出る水蒸気をエネルギー源としているので、海面水温が約26.6〜30℃になったときに発生する。ハリケーンの季節は北半球では7月から10月で、シーズンのピークは8月、9月、南半球では11月から4月で、ピークは1月と2月である。

ハリケーンの誕生

熱帯はハリケーン発生に必要な条件を与える。実際、ハリケーンはトロピカル・ストーム（熱帯性暴風雨）として始まり、26.6℃以上の暖かな海水、温かで湿った空気、海面付近に収束する風がトロピカル・ストームを生み出している。この地域の不安定な大気が風を上昇させることで広い範囲に雲ができ、雷雲のかたまりを形成する。トロピカル・ストームが赤道から南北6度以上のところにできた場合には、コリオリ効果によって回転しながら赤道から離れていく。赤道から南北30度以上では海水温がかなり低くなるため、通常、トロピカル・ストームがそこまで行くことはない。またもし赤道へ向かった場合は、赤道近くではコリオリ効果が弱まるためトロピカル・ストームはその力を失う。トロピカル・ストームの回転運動によって雷雲のかたまりは渦巻き状の帯に形成され、また海からの熱がトロピカル・ストームの回転運動を続けるためのエネルギーに変換される。外側にらせん状に吹き出し、上昇気流を促進する上層の気流によって、トロピカル・ストームの風の強度と回転する速度が上昇していく。最大風速が時速120km以上に達したとき、トロピカル・ストームはハリケーンと呼ばれるようになる。

ハリケーンの中心である「目」は、比較的穏やかで、最も気圧が低い。「目」の周囲にあるアイウォールと呼ばれるエリアはハリケーンで最も風が強い部分であり、発達したハリケーンの何百という雷雲の中で最も風雨が強いのはこのアイウォールである。

コリオリ効果

1835年、ガスパール＝ギュスターヴ・コリオリは、地球の自転によって海流や風のような運動物体は本来の運動方向からそ

第5章 台風や竜巻などの強風に備える

れる、と提唱した。このコリオリの力は、北半球では進行方向に対して右に、南半球では左に作用する。また、コリオリ効果は極で最大になり、赤道では0になる。コリオリの効果は高気圧、低気圧の周囲の大気に回転を与える。これがハリケーンが渦を巻く原因である。

熱帯低気圧の分類

熱帯の海洋上で発生する渦を巻く気象現象の総称は、「トロピカル・サイクロン」である。この言葉には、ハリケーン、トロピカ

サイクロン、ハリケーン、竜巻の比較

サイクロン、ハリケーン、竜巻の共通点は、風が低気圧の中心に向かって渦を巻いて吹き込むこと。しかしこの3つは、大きさ、風速、移動速度、持続時間が異なる。

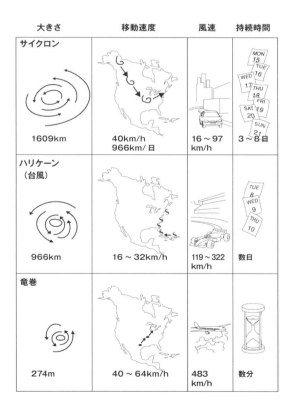

台風、ハリケーン、サイクロンの発生

最大風速が時速119km以上のトロピカル・ストームを台風、ハリケーン、サイクロンという。発生した地域によって呼び名が異なる。

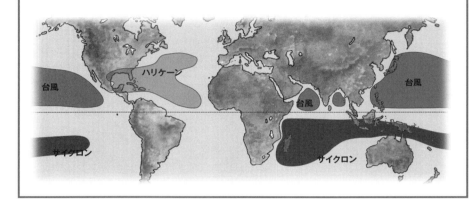

ル・ストーム、トロピカル・デプレッション、トロピカル・ディスターバンスが含まれる。

トロピカル・ディスターバンス——回転する風速が時速29km以下の低気圧。

トロピカル・デプレッション——雲がまとまって渦を巻いている。最大風速が時速60km。雷雨をともなう。

トロピカル・ストーム——雲がまとまって渦を巻いている。最大風速が時速63〜117km。強い風と雷雨をともなう。

ハリケーン——熱帯で発生する強い気象現象。雲の渦がよりはっきりしている。最大風速が時速119km以上。（以上はアメリカ海洋大気庁による分類）

台風、サイクロン、ハリケーン

　台風、サイクロン、ハリケーンは、雷雲が渦を巻くトロピカル・ストームが発達して、最大風速が時速119km以上になったものという点では同じだが、発生した地域によって呼ばれ方が違う。西太平洋やシナ海で発生したものが台風、インド洋で発生するとトロピカル・サイクロンになり、北アメリカ近海だとハリケーンになる。

高潮

　ハリケーンでは、強風や豪雨よりも高潮による死者が多い。気象学者たちは、嵐の際の実際の潮位と、ハリケーンが接近していない通常時の潮位の差を高潮としてい

第5章　台風や竜巻などの強風に備える

る。ハリケーンが海上を通るとき、海面が
ハリケーンの低圧の中心に引きつけられる
ため、ハリケーンの下の海面は周囲の海面
よりも約30cm高くなる。ハリケーンの勢
力が強くなると、上陸時にはこの水の壁は、
幅80〜160km、高さ3m以上に達し、
海岸沿いではこの高潮が人々の脅威とな
る。ハリケーンが上陸すると、風速は急速
に弱まるものの、今度は洪水の危険性が高
まる。豪雨と高潮によって土地が吸収でき
る以上の雨をもたらすので、わずかな時間
で土地は浸水してしまう。

被災者の話

　1992年、フロリダ州はハリケーン・アンド
リューに襲われた。K・T・フランコヴィッチ
はその破壊的な力の被害者のひとりである。

　ハリケーンの夜、サウス・デイドではどん
な避難勧告も出ていませんでした。ハリ
ケーンがパームビーチからノース・ロー

ダーデール周辺へ向かうことはメディアで
再確認しましたが、そのとき報道されてい
たのは、風速が時速80kmの雨風というこ
とだけです。

　ですから、突然、ハリケーンの風が時速
343kmでとてつもなく大きな竜巻のように
突進してきたとき、サウス・デイドの住民
のほとんどがベッドで寝ていました。破壊
的な力をもっているもののあっという間に
通りすぎる竜巻と違って、ハリケーンは6
時間半以上も私たちを襲い続けたんです。
いまでも忘れられません。あの風の恐ろし
い音といったら、何といえばいいのか、そ
う、ものすごいスピードで地獄からやって
来た機関車みたいに、恐ろしい音をさせて
私たちのところにやって来ました。すさま
じい勢いで風の壁が私たちに突進してきた
んです。ものすごい音で、まるでうなりを
上げる巨大なジェットエンジンに、私たち
を吸いこもうとしているみたいでした。

　私と息子は、いわゆるプレハブアパート

サファ・シンプソン・ハリケーン・スケール

等級（カテゴリー）	風速（m/s）	高潮（m）	中心気圧（hPa）
1	33〜42	1.2〜1.4	980
2	43〜49	1.5〜2.6	965〜979
3	50〜58	2.7〜4.0	945〜964
4	59〜69	4.0〜5.4	922〜944
5	70〜	5.5〜	〜920

と言われるものにいました。プレハブアパートといっても実際にはトレーラーがないだけで、トレーラーハウスとさして変わりません。建物全体は幅がトレーラーハウスの2倍くらいあり、時速160kmの風には耐えられるようにつくられていたのですが、それ以上の風は無理です。最初の風の一撃をくらったとたん、建物全体が揺れ始めました。まるで、竜巻だけでなく地震も同時にやって来て、そのふたつに襲われているようでした。

コンクリートの電信柱と送電線が、リビングの壁をつき破って私の足元に倒れてきたかと思うと、アパートの壁がふっとびま

ハリケーンの構造

ハリケーンの中心部にできる比較的穏やかな部分は、ハリケーンの目と呼ばれる。この台風の中心を取り巻くようにらせん状に伸びているのが、レインバンドと呼ばれる強い雨をもたらす帯状の雲だ。最も速い風が吹くのはアイウォールで、ここでは時速300kmの強風が観測されている。この危険な嵐は、直径483km、高さ1万8000mになることもある。

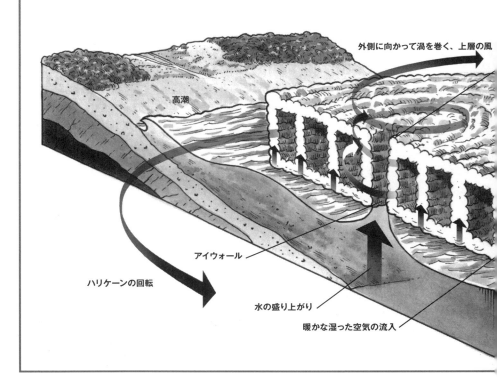

郵便はがき

１６０-８７９１

３４３

料金受取人払郵便

新宿局承認

7985

差出有効期限
２０２０年９月
３０日まで

切手をはら
ずにお出し
下さい

原書房
読者係行

（受取人）
東京都新宿区
新宿一-二五-一三

１６０８７９１３４３　　　　　　７

図書注文書 (当社刊行物のご注文にご利用下さい)

書　　　名	本体価格	申込数
		部
		部
		部

お名前　　　　　　　　　　　　注文日　　年　　月　　日

ご連絡先電話番号　□自　宅　（　　　　）
(必ずご記入ください)　□勤務先　（　　　　）

ご指定書店(地区　　　　)　(お買つけの書店名をご記入下さい)	帳 合	
書店名　　　　　　書店（　　　　店)		

5643
図解 異常気象のしくみと自然災害対策術

愛読者カード　ゲリー・マッコール 著

＊より良い出版の参考のために、以下のアンケートにご協力をお願いします。＊但し、
今後あなたの個人情報（住所・氏名・電話・メールなど）を使って、原書房のご案内な
どを送って欲しくないという方は、右の□に×印を付けてください。　　　　　　□

フリガナ
お名前　　　　　　　　　　　　　　　　　　　　　　男・女（　　歳）

ご住所　〒　　　　－

　　　　　　　市　　　　　　町
　　　　　　　郡　　　　　　村
　　　　　　　　　　　　　　TEL　　　　　（　　　　）
　　　　　　　　　　　　　　e-mail　　　　　　　　＠

ご職業　1 会社員　2 自営業　3 公務員　4 教育関係
　　　　5 学生　6 主婦　7 その他（　　　　　　　　　　　）

お買い求めのポイント
　　　　1 テーマに興味があった　2 内容がおもしろそうだった
　　　　3 タイトル　4 表紙デザイン　5 著者　6 帯の文句
　　　　7 広告を見て（新聞名・雑誌名　　　　　　　　　）
　　　　8 書評を読んで（新聞名・雑誌名　　　　　　　　　）
　　　　9 その他（　　　　　　　　　　）

お好きな本のジャンル
　　　　1 ミステリー・エンターテインメント
　　　　2 その他の小説・エッセイ　3 ノンフィクション
　　　　4 人文・歴史　その他（5 天声人語　6 軍事　7　　　　　　　）

ご購読新聞雑誌

本書への感想、また読んでみたい作家、テーマなどございましたらお聞かせください。

第５章　台風や竜巻などの強風に備える

した。私は恐怖のあまりその場に立ちすくみました。あんな恐ろしい光景は、一生忘れられません。その衝撃で建物はめちゃくちゃになり、あちこちからすさまじい勢いで屋根の梁が落ちてきたんです。梁が３回顔にあたり、強い衝撃であごが砕け、歯が８本なくなりました。両目の視神経もやら

大雨をもたらす、らせん状に伸びる雲の帯

れて……目の前が真っ暗になりました。

　私と息子は、一晩中、何が何でも生き残ろうと必死でした。あの恐ろしい夜、ハリケーンから私たちを守ってくれるものはもう何もなくて、風に吸いこまれたり、嵐の中に投げ込まれたりして命を失わなかったことはまさに奇跡としかいいようがありません。よく飛んできたがれきに当たって死ななかったと思いますよ。

■ ハリケーンから身を守る

普段の準備

●強風と洪水から家を守るために策を講じる(これについては第３章でふれている)。

●避難が必要になった場合に備えて、家族の避難場所を決めておく。避難場所は、海岸から離れた場所なら友人の家でも親せきの家でも、あるいは避難所やモーテルでも構わない。

●避難ルートについては、海岸から離れた場所で、安全と思われる道や避難経路として指定されている道を事前に確認しておく。内陸へ 30 ～ 80km 車で走ったところに安全な場所を見つけておこう。

●地域の最新の地図を用意しておく。避難ルートが渋滞する可能性もあるので、別のルートも考えておく。

●嵐の被害がなかった地域に住む友人に頼んで、家族の連絡係になってもらう。ハリケーンの後は、長距離電話の方がかかりやすい。家族みんなに、連絡係の名前、住所、電話番号を教えておく。こうしておくと、ハリケーンで家族がバラバラになっても再会しやすくなる。

トロピカル・サイクロンの進路

ハリケーンのシーズンは、北半球では7月から10月まで、南半球では11月から4月までである。トロピカル・サイクロンの発生には、暖かな海面が必要だ。以下に、トロピカル・サイクロンの典型的な進路を示す。

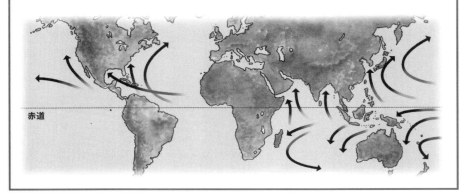

赤道

- 防災用品は簡単に取り出せる場所に保管しておく。
- ハリケーンが発生したときの行動の仕方を家族全員が把握しておく。
- ガス、電気、水道がいつどのように止まるかを家族全員に教える。
- 窓に防風シャッターがない場合は、マスキングテープで十文字になるよう窓を補強する。こうしておくと、万が一窓ガラスが嵐で割れた場合でも、ガラスの破片が飛び散る量を減らすことができる。
- しっかりと固定できないごみ箱や園芸用品、庭園家具、鉄板は屋内に収納する。自転車は施錠しておく。
- 海抜の低い地域に住んでいる人は、高台に移動する。
- 船に乗っている場合は、陸に上がり、船を固定し、避難場所を探す。
- 車のガソリンは満タンにしておく。
- ラジオで最新情報を入手し、避難指示に注意する。
- 実は、嵐が来て大慌てする人よりも、大丈夫だと高を括ってすぐに行動を起こさない人のほうが多い。避難指示が出されたら、すぐに避難する。
- 避難するときは、ペットも連れて行く。

防災用品

水

家族ひとりに対して13.5リットルの水をストックしておくと役に立つ。水はきれいなプラスチック容器に入れ、半年ごとに新鮮な水と入れ替えておこう。もし緊急時に真水の飲料水がない場合は、角氷を溶かすか温水タンクの水を使う。最後の手段として、トイレのタンクの水を使う。便器の水は使

第 5 章　台風や竜巻などの強風に備える

わない。
　もしこれらが利用できない場合は、汚染水を 5 分間沸騰させて使う。あるいは家庭用塩素系漂白剤を 10 リットルの水につき 2 〜 3 滴落としてかき混ぜ、30 分間置いておくと飲料水として使用できる。

食料

　ハリケーンが通過したあとは、電気、ガス、水道といったライフラインが停止するおそれがあるので、少なくとも保存のきく食料品を 3 日分ストックしておく。調理や冷凍をする必要のない食料品を選び、1 年に 1 度買い替える。

- 缶ジュース、缶入りの牛乳、缶のスープ
- ピーナッツバター、グラノーラ・バー、ドライフルーツ＆ナッツ、ビスケットなどの高エネルギー食品
- インスタントの缶詰肉、缶詰のフルーツ、缶詰の野菜
- ビタミン
- 幼児、高齢者のための特別食
- クッキー、あめ玉、甘いシリアル、レーズン、チョコレート、ティーバッグ、インスタントコーヒー
- 缶切り
- 紙皿、プラスチックのカップやカトラリー、キャンプ用メス・キット
- 食器洗い用の液体洗剤
- アルミホイル、キッチンタオル、トイレットペーパー
- 保存のきくペットフード

世界のモンスーン地域

南アジア、アフリカ、北オーストラリアでは、強いモンスーンが吹く。この季節風は、広範囲に土砂降りの雨と洪水をもたらし、破壊的な力をもっているが、モンスーンは人々にとって恐ろしいことをもたらすだけではない。このモンスーンは恵みの雨となり、人々に真水を供給している。

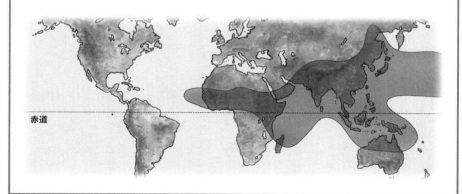

救急箱
- いろんなサイズのばんそうこう
- いろんなサイズの滅菌ガーゼ
- 粘着テープ
- 三角巾
- 滅菌包帯
- 脱脂綿と綿棒
- はさみ
- ピンセット
- 縫い針
- 消毒剤
- ヨードチンキ

夏のモンスーン

インドではモンスーンの変化が極めて劇的である。夏になると、低気圧が暑い内陸部のチベット高原に生じ、この低圧部に向かって暖かな湿った空気がインド洋から流れ込み、強い雨を降らせる。さらに湿った空気がヒマラヤ山脈にぶつかり、山をかけ上り、たくさんの雨が降る。

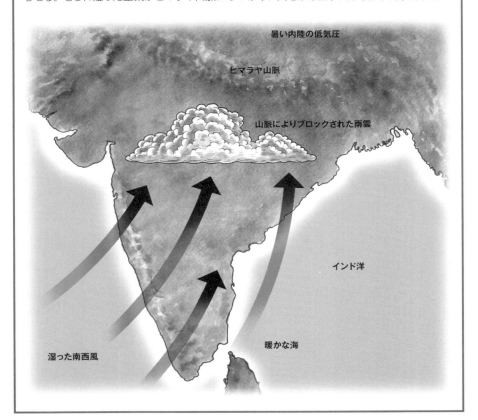

第 5 章　台風や竜巻などの強風に備える

- ◉体温計
- ◉せっけん
- ◉いろんな大きさの安全ピン
- ◉ウェットティッシュ
- ◉ゴム手袋
- ◉日焼け止めクリーム
- ◉防虫剤
- ◉アスピリンまたはほかの鎮痛剤
- ◉処方薬
- ◉下痢止め剤
- ◉便秘薬
- ◉胃の制酸薬

衣類と身の回り品
- ◉衣類、丈夫な靴、雨具の替え
- ◉毛布または寝袋
- ◉車のスペアキー
- ◉トイレットペーパー
- ◉洗面道具や衛生用品
- ◉予備の眼鏡やコンタクトレンズ
- ◉クレジットカードとキャッシュカード
- ◉本
- ◉子供のおもちゃ

洪水時の緊急用カーキット
　キットは車のトランクに入れておく。
- ◉ブースターケーブル
- ◉救急箱と救急法のマニュアル
- ◉電池式ラジオ、懐中電灯、予備の電池
- ◉毛布
- ◉小さな消火器
- ◉ペットボトルに入った飲料水と、グラノーラ・バーのような保存食
- ◉地図、シャベル、発煙筒

- ◉タイヤリペアキットとポンプ
- ◉傘
- ◉公衆電話に使用する小銭

工具と資材
- ◉電池式ラジオ
- ◉懐中電灯
- ◉予備の電池
- ◉ポケットナイフ
- ◉防水バッグの中に入れたマッチ
- ◉水道、ガスを止めるためのレンチ
- ◉ゴミ袋と紐
- ◉紙と鉛筆
- ◉家庭用漂白剤

ペット
- ◉ペットが逃げてしまうのを防ぐため、避難するときにはペットは置いていかない。
- ◉ペットの首輪には、最新の情報が載ったID タグをしっかりつけておく。
- ◉緊急時にペットを連れて逃げる場合に、ペットがパニックになって逃げることのないよう、ペット用のキャリーバッグやリード、ハーネスは頑丈なつくりのものを選ぶ。
- ◉迷子になった場合に備えて、ペットの写真は常に新しいものにしておく。
- ◉洪水発生時には、絶対にペットを鎖につないだままにしない。
- ◉前もってペット用のサバイバルキットを準備しておく。
- ◉緊急避難所はペットの受け入れをしていないところが多い。ペットを受け入れてくれるホテルを事前に調べておく。

●避難するとき、どうしてもペットを家に置いていかざるをえない場合は、屋内の安全な場所にペットを移動させておく。ユーティリティルームや浴室のような簡単に掃除できる場所を選び、窓のある部屋はやめる。万が一、部屋の水位が上がったときにペットが高い場所へ逃げることができるよう、棚や机、カウンターのある部

冬のモンスーン

太陽は、冬は空の低いところを移動する。チベット高原上の空気が冷え、高圧域をつくる。この高圧域からモンスーンがインドや海に向かって吹き、この風が、湿った空気を海上にとどまらせ、インドでは雲ひとつない青空が広がる。

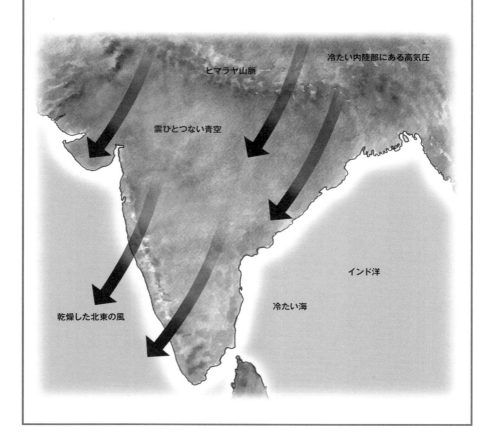

第 5 章　台風や竜巻などの強風に備える

屋を選ぶ。犬と猫を飼っている場合は、それぞれ別の部屋にする。ペットの種類、家の中の居場所を書いたメモを表の扉に貼っておく。連絡先の番号とかかりつけ獣医の番号もメモに書いておこう。

ペット用のサバイバルキットの中身
◉保存のきくペットフード
◉ペットボトルに入った飲料水
◉薬
◉獣医の診察記録
◉迷子になったときに探す手がかりとして有用な写真
◉猫のトイレ
◉食器

家畜
　家畜は可能な限り避難させる。避難経路、避難先などはあらかじめ検討しておく必要があり、食料や水はもちろん、家畜に対する医療体制や施設が整った避難場所を選ぼう。また輸送の際の輸送車には、動物の扱いに慣れた者に同乗してもらうとよい。家畜の避難が不可能な場合には、家畜小屋あるいは別の避難施設に家畜を入れるか、外に放しておくかを決めねばならない。避難施設が頑丈かどうか、また避難施設の場所も考えた上で判断しよう。

ハリケーンが来たら
◉建物の中に入り、窓、天窓、ガラス戸から離れた場所にいるようにする。
◉地下避難所のような暴風雨時に避難するための地下室があれば、そこで嵐が去る

のを待つ。
◉地下室がなければ、ハリケーンの勢力が弱まるまで自宅のいちばん低い階にいるようにする。
◉ロウソクの火から火事になる場合が多いため、電源が落ちてもロウソクは使わず、懐中電灯を使う。
◉テレビも含め、小型電化製品のコンセントは抜いておく。
◉冷蔵庫の温度設定を最低に変え、必要なときだけ開ける。
◉ラジオで進行状況を確認する。
◉エレベーターは使わない。電源が落ちて、閉じこめられるおそれがある。
◉扉はすべて閉める。
◉竜巻が発生することもあるので、気をつける。
◉車内にいる場合は、避難所を探す。洪水の区域に車で進入しない。もしその区域に行き当たったら、別の道を見つけよう。
◉ハリケーンの目が通りすぎたからといって油断しない。ハリケーンの目に入ると2分から30分穏やかになるが、目がすぎると風向きが逆になり、再びひどい暴風雨がやってくる。
◉落ち着いて行動しよう。嵐は、いずれ去る。

ハリケーンのあと
◉ラジオは常につけておき、自治体から出される災害情報をチェックする。
◉丈夫な靴を履く。
◉けが人、閉じこめられた人を助ける。必要な箇所に応急手当てを行う。
◉垂れ下がった電線にさわらず、すぐに電力

087

嵐の危険が去ったあと

竜巻やハリケーンの通過後、被害を受けた建物は、構造的に不安定で倒壊のおそれがある。また、損傷を受けた配管や電線によって、火事や感電死が引き起こされるおそれもある。普段おとなしいペットが混乱して攻撃的になることもあり、ヘビなどは嵐による洪水の水で高いところへ押し流されていることがあるのを覚えておこう。

会社や救急サービスに報告する。
- 水道管が破損しているのを見つけたら、水道会社に報告する。
- 自宅に入る前に、構造的に安全かどうかを確かめる。
- 家に入り込んだヘビや昆虫、そのほか危険な動物に気をつける。
- 自宅に入ったら、懐中電灯を使う。マッチやライターなど炎の出るものを使わない。ガスが室内にこもっている可能性があり、爆発するおそれがある。
- 窓やドアを開け、風通しをよくして、家を乾燥させる。
- 腐った食品、水に浸かった食品は廃棄する。
- 電話の使用は、緊急通話だけにする。
- 車の使用はどうしても必要な場合だけにし、洪水の区域に近づかない。
- ガス漏れを調べる。ガスがシューシュー音を立てていたり、ガス臭いと感じたりしたら、窓を開け、すぐに建物から出よう。外にある元栓でガスを止め、携帯電話や公衆電話、近所の家の電話からガス会社に電話する。
- 電気系統の被害を調べる。もしワイヤが擦り切れていたり、火花を見つけたりしたら、あるいはコードが焦げるにおいがしたら、ブレーカーやヒューズボックスの元電源を切る。水中では絶対に行わないこと。

第5章　台風や竜巻などの強風に備える

● 保険代理店にできるだけ早く電話をかけ、被害届を出す。
● 自治体が水道の安全を発表するまで、飲料水や食事に使う水を最低5分間、煮沸してから使用する。
● チェインソーを使って倒れた木を切るときは、細心の注意を払う。
● 保険金を請求するため、自宅の被害状況を写真に撮る。

竜巻

　竜巻とは、積乱雲の底から地面まで漏斗状に伸びる空気の渦である。低圧中心が激しく回転する空気を取り囲み、行く手にあるものすべてを破壊していく。移動速度は平均で時速50km、強いものだと風速が時速400km以上になることもある。竜巻は、季節を問わず一年を通じて発生し、南極以外の大陸で観測されている。発生時間帯は、午後4時から9時にかけての時間帯が多いが、条件によってはそれ以外の時間帯にも発生することがある。竜巻の寿命はだいたい数分程度で、被害の範囲は狭いが、強いものでは1時間続き、96kmにわたり大惨事をもたらすものもある。竜巻は、多数の渦が統合して突然発生することもあれば、ひとつの渦としてできることもある。

竜巻が発生するしくみ

　嵐の上層では高速風が回転を引き起こす。この渦を巻いた上昇気流は、嵐のエネルギー源となる。渦を巻いたこの柱が下に伸び、雲底を突き抜け、地表に達すれば、竜巻となる。

　竜巻は突然やって来るため、備える時間はほとんどない。実際に竜巻に遭遇した人は、次のような前兆があったと語っている。

● 雷雨の最中または直後に奇妙な静寂が訪れる。
● 空からがれきが落ちてくる。
● 雲が非常に早く動き、回転する。
● 空が薄緑色または暗緑色になる。
● 最初、風のざわめきが聞こえ、近づいてくると動物のうなり声のような轟音に変わる。
● 漏斗型の雲は見えないが、がれきの渦が近づいている。

竜巻に関する誤解

1　**竜巻は常に、かなり離れた場所からでも見ることができる。**大雨でわからないこともある。
2　**竜巻は、大都市を襲わない。**竜巻はこれまでにマイアミやセントルイスを直撃している。
3　**竜巻による建物の被害の原因は、気圧の変化である。**竜巻によって家屋が破壊される原因は、強風とがれきであって、気圧の変化ではない。がれきなどの飛散物で窓ガラスが割れ、家の中に入ってきた風によって屋根を持ち上げられ、壁が外側に押し出される。たとえ時速100kmの風でも、ちゃんと取り付けられていない屋根なら簡単に持ち上げられてしまう。いったん屋根が飛ばされたら、家の壁はすぐに外側に倒れ、建物は崩壊するだろう。

089

藤田スケール

等級	風速（km/h）	被害の程度	想定される被害
F0	64 ～ 117	軽微	煙突の損傷、木の枝が折れる
F1	118 ～ 180	中程度	トレーラーハウスがひっくり返ったり、設置場所から飛ばされたりする
F2	181 ～ 251	大きい	トレーラーハウスが破壊され、木が根から倒れる
F3	252 ～ 330	重大	屋根と壁が吹き飛ぶ。列車が横転、車は吹き飛ばされる
F4	331 ～ 417	深刻	建て付けのいい家の壁でも押し倒される
F5	418 ～	壊滅的	家が持ち上げられ、遠くまで飛ばされる

4　**窓を開けることで、家の内外に生じる気圧差のバランスを保つことができ、建物は被害を受けない。**窓が開いているいないにかかわらず、竜巻は建物を破壊してしまう。たとえ窓を閉めていても、家のどこかには必ず隙間があり、竜巻の動きに対応して屋内外の気圧差が解消できる。

5　**竜巻通過時における最も安全な避難場所は、一般に、地下南西の角である。**これは、がれきは南西の角には堆積しないことが多いという考えから生まれた考えで、かつては安全な避難場所とされていた。だが、この考え方を裏付けるはっきりとしたエビデンスは存在しない。現代では、建物の最下階にある奥の部屋に移動し、できるだけ外壁と窓から離れるのがいちばんいいとされている。

6　**運転中に竜巻に気づいたら、高速道路の高架下が避難場所として安全である。**

実際に、高架下に避難して亡くなった人がいる。高架下には、竜巻が通過する際にあなたを守ってくれるものは何もない。

7　**竜巻は水上を横断しない。**ウォータースパウトは竜巻の一種で、水上で発生する。また、陸上で発生する竜巻が川や湖のような水上を横断することもある。

8　**湖や川、山の近くは安全である。**竜巻が山の斜面を昇ったり降りたりすることもある。実際、イエローストーン国立公園付近にある標高3050mの山に当たった竜巻は斜面に沿ってその爪跡を残している。

9　**竜巻は常に漏斗雲をともなう、もしくは漏斗雲が先行する。**特に初期の段階では、たとえ漏斗雲が目に見えなくても、竜巻は地上に被害をもたらす。同様に、もし漏斗雲は見えるが地面に接しているようには見えない場合でも、竜巻の渦巻きは地面と接触している可能性がある。

第 5 章　台風や竜巻などの強風に備える

10　**雲底に現れるこぶ状の雲は、竜巻の前兆である。**そういう場合もある。特に雲底付近で気流の渦が発生している場合には、竜巻が発生するおそれがある。だがこの雲には竜巻と関係のないものも多く、まったく害のない雲の可能性もある。

ウォータースパウト

　ウォータースパウトは水上の竜巻のように見えるが、雷雨とは関係ない。一般に、ウォータースパウトは竜巻に比べて勢力は弱く、水面付近の渦を巻く風が積雲の上昇気流と相互作用を起こした結果、ウォータースパウトが生じる。竜巻的なウォータースパウトは、十分に発達した竜巻が水の上に出ていったもので、水を吸い上げ、空から魚を大量に落とす。

被害に遭った人の話

　1925 年、3 月 18 日、ミズーリ州、イリ

ウォータースパウト

ウォータースパウトとは、温かな海や湖の上で生じる、高速で回転する空気の柱である。水面付近の風の変化が上昇気流をもたらす。渦の中で回転する湿った空気が上昇するにつれて冷え、凝結した水滴が回転する風を見えるようにする。

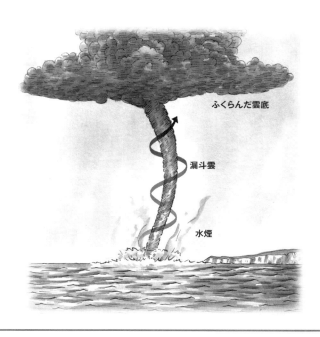

ふくらんだ雲底
漏斗雲
水煙

ノイ州、インディアナ州の3州にまたがって竜巻が移動し、689人が亡くなった。この竜巻は、トライステート・トルネード（3州竜巻）と呼ばれている。以下は、アリス・ジョーンズ・シェドラーの家族とアリスの家に起こった話である。

パパが「チビちゃんふたりをつかまえて、溝に隠れるんだ。1マイル向こうの家が木っ端みじんに吹っ飛ばされたぞ」と言いました。

そのとき、ベランダのブランコが家の正面の窓めがけてつっこんできたんです。私たちはみんな、しばらく呆然としていました。

我に返った私は、大量に落ちていたレンガ――もとは煙突――のまわりを這って移動を始めました。「起き上がって歩けるか」と大きな声で訊くパパの声が聞こえ、パパは私の手を取ると、外の地面の上でへたり込んでいるママとふたりのチビちゃんのところまで連れていってくれました。パパはすぐさま「お兄ちゃんたちを探してくる」と言って、竜巻で台所のテーブルの上に倒れた壁のわきを抜けて行きました。

兄のウィニスはテーブルと壁に挟まれていて、体の上に乗っかった壁に押しつぶされそうになっていました。重くて息もできないほどだったそうです。

パパは、道行く人たちに大声で助けを求めましたが誰も来てくれず、ウィニスの上にある壁を持ち上げるため、私に手伝うように言いました。どう考えても私じゃ無理だと思いましたが、パパはとてつもない力

竜巻が起こりやすい時期

竜巻は1年を通じてどのシーズンにも発生しうるが、傾向としては、特定の地域で特定のシーズンに発生することが多い。竜巻街道では発生のピークは4月から6月までだが、メキシコ湾沿岸地域のピークは冬である。

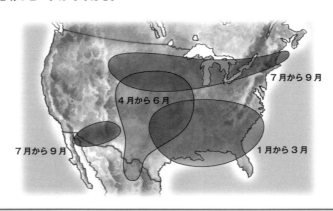

第 5 章　台風や竜巻などの強風に備える

で壁を 5 〜 6cm 持ち上げたんです。私はやっとお兄ちゃんを床に引っ張り出すことができました。ふたりはいまでもその時のことを思い出して、あれは男ひとりの力でできることじゃないよな、なんて言っています。でも、本当にパパはそれをひとりでやってみせました。

　もうひとりの兄のロジャーは、裏口の扉と一緒に、2 ブロック先の学校の校舎まで吹き飛ばされていました。ロジャーは頭と両肩に大きな傷を負い、血だらけでゾンビみたいになりながらも、ふらふらと歩いて自分で家に戻ってきたんです。

　しばらくして雨と雹が降り始め、私たちはずぶ濡れになりました。

　パパの弟にあたるヘンリー叔父さんが 2 軒先に住んでいたので、叔父さんの家に行くことにしました。パパは私たちに「ついてきなさい。電線が落ちているから、パパのうしろをパパの通ったとおりに歩きなさい」と言いました。叔父さんの家は 2 階が 3 部屋空いていたのでベッドにチビちゃんたちを寝かせ、ふたりの兄を救急車で病院へ連れていきました。こうしてロジャーもウィニスも何とか助かりました。

　病院に行く途中、ご近所のハバードさん

溝で平らに伏せる

もし屋外で竜巻に巻き込まれたら、周囲より低い溝などで平らに伏せよう。両手で頭を覆うようにすると、がれきなどの飛散物から身を守ることができる。竜巻では飛散物による死亡や負傷がほとんどである。

093

が道で倒れているのが見えました。テーブルの脚が1本ハバードさんの体を突き抜けていて、ママが「見ちゃだめ。見ちゃだめ」って何度も言っていたのを覚えています。

アリスの兄のウィニス・ジョーンズは、自分が壁の下敷きになったときのことを、次のように話している。

僕は3人の友達と一緒に自宅近くでビー玉で遊んでいました。でも、急にあたりが真っ暗になったので、家に戻ることにしました。時間は4時18分くらいだったかな。パパがちょうど家に入ったところで、家の大きなカントリーキッチンには、僕たち家族と近所の少年ふたりとで、全部で9人いました。僕がベランダのガラス戸から外を見ていると、1マイルほど離れた場所から竜巻がやって来るのが見えて、みんなに知らせました。竜巻が近づくにつれ、2本の貨物列車が同時にやって来たかのような轟音がしました。1マイル離れた小高い丘のふもとでは家や納屋がなぎ倒されていました。つぎの瞬間、レンガか石のような固いものが僕たちの家の窓を突き破り、西側の外壁が崩れて僕はテーブルの上に倒されました。厚さが10cmもあるテーブルの5本の脚はすべて折れて、天板は床に転がりました。そのときの轟音は、とても口で言い表せるものではありません。小石、石炭、レンガ、ブリキ缶、瓶、フェンスの支柱などは竜巻に吸いこまれて持ち上げられていきました。竜巻が壁を叩く音は、まるで巨大なドラムのようでした。

ほんの1、2秒で竜巻は去り、すぐに上の方からみんなの声が聞こえてきました。パパが僕を探しているのがわかりました。でも、僕は叫ぶことも、声を出すことも、音を立てることもできません。壁が重すぎて、息を吸って吐き出すだけでも死にそうでした。パパが僕を探して倒れた壁に近づいてきたとき、とうとう僕の脚の一部が突き出ているのを見つけて、てこの原理で壁を持ち上げて救い出してくれました。危機一髪とはまさにこのことです。助けられた

典型的な竜巻の形状

竜巻といえば、ほとんどの人が、300mもの上空から地上に向かって細くなりながら伸びた漏斗雲を思い浮かべるだろう。しかし実際には、この雲の形状はさまざまで、お椀状のもの、円柱のもの、砂時計のようにくびれのあるもの、くさび形のもの、細長いものなどがある。どういう形状であれ、すべての竜巻は危険である。

「ユダヤ商人」と「お金」で世界史を読み解く。東京(5/19)書評。

ユダヤ商人と貨幣・金融の世界史

宮崎正勝

亡国の民となったユダヤ人が「ネットワークの民」として貨幣を操り、マイノリティながら世界の金融を動かしてこれたのはなぜか。ユダヤ商人、宮廷ユダヤ人のグローバルな活動に着目、経済の歴史の大きな流れが一気にわかる！

四六判・2500円（税別）ISBN978-4-562-05646-0

伝統と多様性、微生物がつくる芳醇な世界。東京(4/28)、読売(5/5)書評。

発酵食の歴史

マリー＝クレール・フレデリック／吉田春美訳

先史時代から現代まで、歴史、考古学、科学の側面から世界各地の発酵食品を考察する。最新の考古学上の発見や、世界の伝説や伝承話を交えながら、発酵の世界の奥深さと豊かさを多角的に論じる。

A5判・3500円（税別）ISBN978-4-562-05633-0

圧倒的な図版と解説で楽しめる、いままで気付かなかったパリの記念建造物歴史ガイドブック！

パリ歴史文化図鑑

パリの記念建造物の秘密と不思議

ドミニク・レスブロ／蔵持不三也訳

ルーヴル宮殿、コンコルド広場、凱旋門などパリの歴史的な記念建造物に、新たな、そして視点をずらして光をあてることで、数多くの興味深いことが見えてくる。たとえば建築自体の独自性や用途の方向転換にかんする逸話など、750以上におよぶ豊富な図版とともにたどる驚きと発見の旅!!

B5変型判・3800円（税別）ISBN978-4-562-05631-6

人類の激動の歴史が新たに蘇える！

彩色写真で見る世界の歴史

ダン・ジョーンズ、マリナ・アマラル／堤理華訳

世界が劇的に変化した1850年から1960年の白黒写真200点をカラーに。鉄道、高層ビル、電話、飛行機などの発明品から、二度の世界大戦、内戦、紛争にいたるまで、人類の歩みの新しい見方を示す画期的な書。

B5変型判・4500円（税別）ISBN978-4-562-05648-4

原書房

〒160-0022 東京都新宿区新宿 1-25-13
TEL 03-3354-0685 FAX 03-3354-0736
振替 00150-6-151594

新刊・近刊・重版案内

2019 年 7 月
表示価格は税別です。

www.harashobo.co.jp

当社最新情報はホームページからもご覧いただけます。
新刊案内をはじめ書評紹介、近刊情報など盛りだくさん。
ご購入もできます。ぜひ、お立ち寄り下さい。

**自然災害大国アメリカの防災アドバイザーがおくる
あなたと家族を守るためのガイドブック**

図解 異常気象のしくみと 自然災害対策術

ゲリー・マッコール／内藤典子訳

予想不能のゲリラ豪雨、
台風による冠水や暴風、落雷…

**異常気象のしくみと
災害の発生をイラストで
わかりやすく紹介**
そして身の回りのものを使って

**あなたと家族を
守るため**の一冊！

A5 判・1800 円（税別）
ISBN978-4-562-05643-9

第5章 台風や竜巻などの強風に備える

あとも、胸がものすごく痛くて、ほとんど呼吸ができませんでした。

家族みんなで、被害の少なかった叔父さんの家に身を寄せました。僕は救急車で病院へ運ばれ、10日間ほど入院しました。

竜巻から身を守る
普段の準備
- 強風から家を守るために対策を講じよう（これについては第3章でふれている）。
- 竜巻注意報と竜巻警報の違いを家族全員が理解できるようにしておく。
- 家の中で避難場所を決めておく。避難訓練を行い、いざというときにすぐに避難できるようにしておこう。
- 家族がバラバラになった場合に再会できるよう計画を立てておく。
- 被害地域外に住んでいる友人や親せきに

がれきの渦

竜巻が地上に達すると、大量の粉塵やがれきが渦を巻き始める。ここで言うがれきには、岩や倒木などの危険なものも含まれる。このがれきの渦は、雲や丘、木、強い雨で隠されて見えないこともある。

頼んで、家族の連絡係になってもらおう。竜巻が通りすぎたあとは、長距離電話の方がかかりやすい。家族みんなに、連絡係の名前、住所、電話番号を教えておく。
- テレビやラジオのニュースで情報を得る。
- 防災用品は手元に置いておく。
- 公的避難場所を知っておく。
- 車のガソリンは満タンにしておく。
- ペットは家に入れ、家畜は家畜小屋に入れる。
- しっかりと固定できないごみ箱や庭園家具、鉄板は、屋内に収納する。
- 避難する準備をしておこう。地下避難所などの安全な場所も探しておこう。

防災用品
- 懐中電灯
- 電池式ラジオ
- 予備の電池
- 救急箱と救急法のマニュアル
- 非常食と水

がれきなどの飛散物から身を守るために頭を覆う

強風が発生したときは、屋内にいるのがいちばんいい。もし家へ帰る途中で強風に巻き込まれたら、頭を覆ってがれきなどの飛散物から身を守ろう。歩くときは前かがみになって姿勢を低くし、吹き飛ばされないようにする。風が強すぎてその姿勢を取り続けるのが無理なら、まわりより低い溝などに入り、体を平らにして伏せよう。

第 5 章 台風や竜巻などの強風に備える

●缶切り
●処方薬
●キャッシュカードとクレジットカード
●丈夫な靴

　防災用品のより詳しいリストについては、この章の「ハリケーンから身を守る」を参照のこと。

ペット

　竜巻が来てもペットを見捨てずに、避難場所に一緒に連れて行こう。竜巻が去ったあとは、いつもと違う状況にペットが混乱する可能性がある。ペットがパニックになって逃げることがないよう、必ずリードをつないでおこう。ペット用の防災用品のリストは、この章の「ハリケーンから身を守る」を参考にするとよい。

普段の準備

●竜巻で最も危険なものといえば、がれき

竜巻発生の理想的条件

1974 年 4 月初旬、メキシコ湾からの湿潤な暖かい空気が、ロッキー山脈からの乾いた冷たい空気とグレート湖からの湿った冷たい空気にぶつかり、127 個の竜巻の大発生（スーパーアウトブレイク）が起こった。観測史上最も強力な竜巻の発生であった。

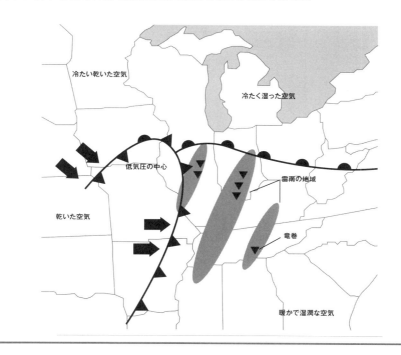

097

などの飛散物だ。竜巻の風で飛ばされた
皿、割れたガラスの破片、木の枝、くぎ、
木材、家具、カーテンレール、レンガで
致命傷を受けることもある。もしあなた
が竜巻の発生しやすい地域に住んでいる
なら、飛ばされやすいものを固定する習
慣をつけよう。
- 家の構造をよく知っておく必要がある。
あなたの家が構造的に堅固な造りとなっ
ているか、強風に対して補強されている
かどうか確認しよう。

竜巻が来たら
- 地下避難所のような地下室があれば、そ
こで竜巻が去るのを待つ。
- 地下室が区切られていない場合は、地
下室の真ん中か階段の吹き抜けの下に行
く。部屋の隅は、がれきを引き寄せるこ
とが多い。
- 地下避難所のような地下室がなければ、
1階にいるようにする。
- 窓のない奥の部屋に避難場所を探す。
- 車椅子に乗っている場合は、ブレーキを
セットし、頭をジャケットか毛布で覆う。
- ホールや体育館のような支柱なしの大き
な屋根のある建物にいる場合は、もっと
安全な避難場所を探す。こういった建物
の屋根は倒壊しやすく、吹き飛ばされや
すい。
- 外にいる場合は、ただちに屋内に入る。
- 外にいて近くに避難場所がない場合、溝
や細長いくぼちに体を平らにして伏せる。
- 車内にいる場合は、車を降りて車から離
れ、溝のような低い場所へすぐに避難す

る。竜巻より速く走って逃げきろうとしな
い。
- 落ち着いて行動する。

竜巻のあと
- 閉じこめられた人や怪我をした人を助け
る。
- 垂れ下がった電線は避け、すぐに電力会
社や救急サービス（警察または消防署）
に報告する。
- 電話の使用は、緊急通話だけにする。
- ガス漏れを調べる。ガスがシューシュー
音を立てていたり、ガス臭いと感じたり
したら、すぐに自宅から避難する。
- 被害を受けた建物に入る前に、その建物
が構造的に安全かどうかを確かめる。激
しく損傷した建物は倒壊するおそれがあ
る。
- 天井がドアの上に崩れかかっている場合
は、天井がいますぐにでも落ちるおそれ
がある。どうしてもドアを開ける必要が
あるときは、がれきが落ちてこないか確
かめてから中に入ろう。
- 室内では懐中電灯を使う。マッチやライ
ターなど炎の出るものを使わない。ガス
が室内にこもっている可能性があり、爆
発を起こすおそれがある。
- 天井にたるみの兆候がないか調べる。も
したるみがあるようなら、いますぐにでも
倒壊する危険性がある。
- 自宅に被害がなければ、子供やペットを
中に入れる。
- 車に乗るのは必要最低限に控えよう。ど
うしても車で移動しなければならないと

第 5 章　台風や竜巻などの強風に備える

竜巻の構造

さまざまな風速や風向の暖かな空気は雲底へ流れ込み、渦を巻いて上昇する。漏斗雲と呼ばれる渦を巻いた空気の柱が雲底で生じ、雲の上層から冷たい下降気流が生じる。竜巻はほんの 2、3 分続くだけだが、壊滅的な被害をもたらす。

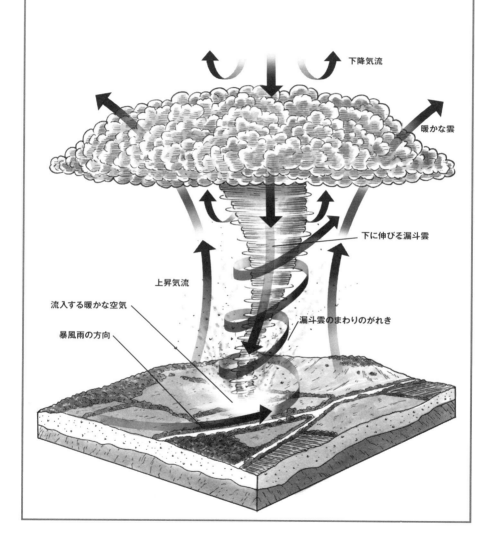

漏斗雲

竜巻発生の初期のサインは、漏斗雲の形成である。嵐雲の暗い雲底から漏斗雲が地上まで伸びて、竜巻として地面に達すると、なめらかで先細りの雲の形状がはっきりとわかるようになる。

第5章　台風や竜巻などの強風に備える

きは、細心の注意を払って運転する。危険ながれきが道路に散乱しているおそれがある。

●被災地をあちこち歩き回らない。救助活動の妨げになることもあり、危険である。

●掃除するときは、保護服を着て丈夫な靴を履く。

●こぼれた薬や漂白剤、ガソリン、引火性液体はただちに取り除く。

●気を落とさないで、前向きになろう。たとえ家が被害を受けたとしても、建て直すことはできる。

復旧作業

　被災地の復旧作業を手助けする場合、次のようなアイテムを持っていけば被害者やボランティアの助けとなる。

●飲食物

●防水シート

●ベニヤ板

●工具と釘

●ゴミ袋

●箱や梱包材

●作業手袋

●マスキングテープ

●筆記具

●クリーニング用品

●のこぎり

●はしご

●運送用トラック

101

第6章　極寒からの避難と生き残り

第6章 極寒からの避難と生き残り

人間の体は、常に最適な温度に保たれるように
体温を調整している。厳しい寒さによる凍傷は、
ひどくなると壊疽（え そ）になって切断が必要となるなど、
致命傷になるおそれがある。厳しい寒さを生き抜くためには、
適切な体温を保ち、凍傷にならないよう注意し、
避難場所を見つけなければならない。また前もって
家や車を厳しい寒さに備えて準備しておくことも大切だ。

都市に住んでいても、荒野に住んでいても、厳しい寒さは死につながるおそれがある。外の気温が低いときは、体を温めて、体温が急に奪われるような行為は避けよう。

寒さと人の体

人間の体の深部体温は通常、約37℃である。健康を保つためには、この深部体温を一定に保つ必要がある。深部体温は上がりすぎても下がりすぎてもよくない。ときには臓器障害を引き起こし、死に至るおそれがある。

深部体温とは、生命維持に欠かせない心臓、肺、脳を含めた臓器の温度をいう。手足は体幹に比べ、寒さから保護するための

組織が少ないので、温度の変化が大きい。体熱損失や熱による損傷がおきたときは、まず手足を温めることが重要である。

シバリング（全身の震え）は、身震いなどによって熱を産出させる生理的反応であるが、長時間にわたりシバリングが続く場合は疲労につながり、体温の低下をもたらす。寒い環境で生き延びるためには、病気にかからないようにすると同時に食料や水といった必需品、そして避難所を確保する必要がある。

ウィンドチル

人は風によって体の熱が奪われ、熱損失が加速されていくことで体が冷える。ウィン

103

ウインドチル

風速（km/h）	気温（℃）						
0（無風）	-4	-9	-15	-18	-20	-26	-32
	体感温度　（℃）						
8	-6	-12	-18	-21	-23	-29	-35
16	-12	-19	-26	-30	-33	-40	-47
24	-17	-24	-32	-35	-39	-46	-54
32	-19	-27	-35	-39	-43	-51	-59
40	-21	-30	-38	-42	-46	-54	-63
48	-23	-31	-41	-45	-48	-57	-65
56	-24	-32	-42	-46	-50	-59	-67
64	-25	-33	-43	-47	-51	-60	-69

ドチルとは、実際の気温ではなく露出した肌が空気に触れることで奪われる体表の熱を定量的に表したものである。動物もウィンドチルの影響を受けるが、植物と無生物はその影響を受けない。風があると、私たちは実際の気温よりも寒く感じることに注意しよう。

寒いときの服装

寒い環境下で、体温が奪われる方法はさまざまである。蒸発による熱損失に対しては、通気性のいい衣服を着る必要がある。伝導による熱損失は、衣服のいちばん外側の冷たい面から体を遮断することで防ぐことができる。また、重ね着をして肌を守ることで、放射による熱損失を防ぐことができる。さらに、風に肌が当たらないようにすることで、対流による熱損失を減少させることができる。

保温は大事だが、温めすぎはよくない。汗をかいて体が濡れると、熱が体内から外に伝導し、体全体が冷えてしまう。汗で湿った衣服は寒さを十分に遮断しない。寒さから身を守り体の保温性を高めるには、衣服を5、6枚重ねるといいだろう。外側の服が中の空気を換気し、内側の服が断熱するので、薄手のものを5、6枚重ねることで

人へのウィンドチルの影響

-19℃まで……通常の寒さ対策でよい。

-20 〜 -36℃……保温性のあるアウターが必要。不快な状況。

-36 〜 -49℃……外気にさらされた肌が凍り始めるまでにはしばらく時間がかかる。

-49 〜 -58℃……外気にさらされた肌は1分以内に凍りつく。戸外の移動は危険。

-58℃以下……外気にさらされた肌は30秒で凍りつく。極めて危険な状況。

断熱層ができ、効率的な保温効果が得られる。

重ね着

いちばん内側には、長袖下着と長ズボン下や保温性のある肌着を用いる。汗を吸い、汗を肌から引き離すウールや合成繊維は、保温下着の代わりとして役立つ。その上は手首と首を覆うゆったりした長袖のシャツを、さらにその上には簡単に脱ぐことができる軽い羊毛のジャケットかウールのプルオーバーを着用する。アウターは、風から体を守ってくれるフード付き防風ジャケットがよい。このアウターは、暑くなりすぎないように、ベンツが入っているものを選ぼう。また、マウンテン・ビブをズボンの上から、あるいはそれだけでアウターとして着ることもできる。もっともこのビブは雨から足を守ってくれるが、着ると暑くなりすぎる可能性もある。ビブは気温が氷点下になったとき、薄手の冬用レギンスの上に着るのがいいだろう。

寒さ対策としての重ね着

寒さ対策として保温と乾燥は大切である。外気に肌をさらさず、適切な重ね着をして厳しい寒さから身を守ろう。インナーには汗を吸収してくれるものを、アウターには防水、耐水機能が備わったものを選ぶ。暑くなりすぎないために、アウターはベンツが入ったものか、簡単に脱ぎ着できるものを選ぶとよい。

手袋

寒くても活動できるように、手を温かく保つことも大事だ。重ね着の原則は手袋にも当てはまる。寒さが厳しいときは、いちばん内側に、ライナーつきの５本指の手袋を、その上にウールのミトン、さらにその上に防水、断熱機能が備わった厚手のミトンを選ぶとよい。寒さがそれほど厳しくないときは、内側にウールの５本指の手袋を、外側に防水、断熱素材のミトンを２枚重ねるとよい。氷点下の環境では、手袋をなくすと命取りになることもある。手袋は落としたり、置き忘れたりしないよう、外側のミトンを紐でジャケットに括りつけておくといいだろう。予備の靴下があれば外側のミトンとして緊急時に役立つが、これは一時的なもので、靴下はもともと手を保護するためにつくられたものではないため、手袋ほど手を守ってくれない。

ブーツ

冬用ブーツはひざ丈で防水のものがよい。下に靴下２枚が楽に履けるサイズのものを購入する。防水ブーツがない場合は、スノー・ゲートルをつけて足を湿気から守る。足の保温にも重ね履きの原則が当てはまる。靴下は内側には薄手のものを、外側にはウール地で膝丈のものを選ぶ。ブーツのサイズが合っていることも重要だ。足がしびれて感覚がなくなってきたら、ブーツがきつすぎて血行が悪くなっている可能性がある。血行障害が起こると凍傷にかかりやすいので、血行を促すために数分ごとにつま先を動かそう。

頭を保護する

体の熱の多くは頭から発散している。温かさを保つには、頭や首をしっかりと覆うことが重要だ。耳当てのついたロシア帽を温かなマフラーと組み合わせると効果がある。氷点下では、首、顔の横、頭を覆うバラクラバ帽（目出し帽）をかぶるとさらにいい。アウターのジャケットについているフードは、このバラクラバ帽の上にかぶる。暑すぎるときは帽子やフードを取り、マフラーや首まわりの衣服をゆるめて、余分な熱を逃がそう。

衣服の手入れ

衣服の効果性を上げるには、乾燥、洗濯、直しなどのメンテナンスも必要になってくる。寒い場所から戻ったときには、服についた雪や泥、氷は払い落とし、断熱の効果を最大限に保つために、ほころびは直し、汚れたものは洗濯する。肌に直接ふれるインナーは、しみついた汗や土が断熱の効果を阻害するので、よく洗濯して落とすようにしよう。

火をおこす

戸外の厳しい寒さを生き抜くにはまず暖かさが必要なので、ときには火をおこす必要も出てくるだろう。どんな経緯にせよ、屋外で厳しい寒さに襲われたときは、小さな火があなたの士気を高めて命を救ってくれるだろう。

極寒の地に風はつきものだ。せっかく起こした火が風で消されてしまうこともあるので、まず火をおこす前に防風壁をつくろう。

第6章　極寒からの避難と生き残り

風が穏やかな場合には問題ないが、風が強い場合は火のまわりを壁で囲う必要がある。

たき火

お椀状の穴の底で火をおこす。穴は30cmほどの深さに掘るのが最も効果的だ。この方法だと、空気の流れやそよ風による燃料の燃えすぎを防ぐことができる。

火のまわりを防風壁で囲う

高さ約60cmの大きな石の風よけでまわりを囲う。石が火の熱を閉じこめるだけでなく、風で燃えさしが散らばるのを防いでくれる。

基本的な火のおこし方

まず若木を穴の底に並べていき、その上に4本の枝をうまくバランスを取りながらピラミッド形に積んでいく。枝は指より太いものを選び、ピラミッドの先は一点で交わるようにする。さらに枝をピラミッドの形になるように積んでいき、木の枝が崩れてこないかどうか、火をつけるほくちを挿入するための十分なスペースが底にあるかどうかを確かめる。ほくちには、こけ、樹皮、枯れ葉、枯れ草、小さな紙が使える。ほくちをピラミッドの底に置き、火をつけたら、炎を大きくするためにさらに枯れ葉や小枝を加えてもよい。火がついて大きくなると、ピラミッドは内側に崩れ、炎をさらに燃え立たせ、最後に熱い燠となる。

水

水はどんな気候においても常に必要なも

たき火

風が比較的穏やかなときは、たき火によって暖を取ることができる。たき火は料理にも役立つ。たき火の炎はコントロールしやすいので、燃料を節約するよい方法でもある。

107

風を防ぐ

風の強いときには、石の風よけが必要だ。炎を守り、燃料を節約するのに役立ってくれる。風よけには多孔質でない乾燥した石を用い、砂岩や粘板岩(スレート)は使わない。湿った多孔質の石は、熱くなると割れる可能性がある。

のである。しかし、氷や雪に囲まれていると、人は簡単に脱水状態に陥ることをつい忘れてしまう。幸いにも、氷や雪に囲まれた状況下で飲料水を得るのはそれほど難しいことではないので、知っておくとよい。

どれほどのどが渇いても、雪を直接食べてはいけない。雪を食べると、体温が急激に下がってしまうからだ。同様に、口の中で氷や雪を溶かそうとするのも危険である。これもやはり体温を下げてしまう。雪や淡水の氷は簡単に溶けて飲料水となるので、必ず溶かしてから飲むようにしよう。氷は雪に比べると短い時間で溶け、同じ量の雪よりも多くの水が得られる。

雪や氷で飲料水をつくる場合は、まず缶や水袋のような容器に氷や雪を入れて火のそばに置き、中のものが溶けたら氷や雪をまた少しずつ加えていき、さらに溶かしていく。

イヌイットのスノー・メルター

雪を溶かすのに、イヌイットのやり方からヒントを得た独創的なスノー・メルターを紹介しよう。まず、大きさの違う岩を2個選び、下に置いて土台を造る。ふたつの岩の間で火をおこし、岩の土台の上に平らで厚みのある石の板を置く。上の板は、雪の溶けた水が流れるように角度をつけておこう。小さな石を板の上にV字型に並べることで、雪がおちてこず、溶けた水は板の上

第6章　極寒からの避難と生き残り

イヌイットのスノー・メルター

イヌイットのスノー・メルターは、雪や氷を溶かすのに役立つ。斜めに渡した石の厚板の下で火をおこし、さらに板の上に小さな石をV字型に並べると、雪や氷が滑り落ちることなく下の容器に水だけが流れる。

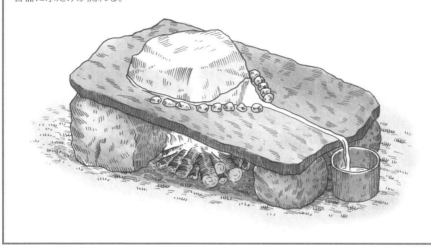

を流れて缶やバケツに落ちるようになる。板の下の火で石を温めることで、雪が溶けた水が板の低いほうの端に置いた容器のなかに流れ出る。

火が使えない場合は、袋の中に氷や雪を入れて、着ている服と服の間に入れると、火で温めるよりもゆっくりではあるが、次第に溶けていく。

凍傷

低体温症

低体温症は体温が35℃を下回り、熱の喪失が産出を上回ると起こる症状である。体温が25℃を下回ると、ほとんどの場合死に至る。これは、気温が氷点より高い場合でも起こりうる。低体温症の症状には、体の激しい震え、錯乱状態、記憶障害、筋肉の協調運動障害、見当識障害、不明瞭な発語、眠気、極度の疲労があり、低体温症を起こすと回復しても、腎臓、肝臓、膵臓の機能に影響が残ることがある。

低体温症の発症者は、すぐに医師の診断を受けさせよう。発症者を暖かい場所に寝かせ、深部体温を元に戻すために体を温める必要がある。濡れた冷たい服は熱損失を加速させるため、衣服が濡れている場合はすぐに脱がせよう。まず発症者の胴体を温めるため、38℃から43℃の温水を使う。医師の監督なしに、急に体全体を温水で温めるのは危険である。不適切な温め方をす

109

ると、手や足の冷たい血液が心臓に向かって流れ、ショック状態や心不全になる可能性が高まってしまう。発症者の意識がある場合は、甘く温かい飲み物を飲ませる。意識のない場合は無理に飲ませてはいけない。

凍傷

凍傷とは、体の組織が凍り、損傷をきたす状態をいう。体感温度がマイナス29℃の場合、肌を30分間ほど外気に当てると凍傷になるおそれがある。足、手、耳たぶ、顔は、特に凍傷になりやすい。皮膚表面のみの凍傷を表在性凍傷といい、これが皮下組織の下まで広がると深部性凍傷となり、組織が硬くなってしまう。進行した凍傷は壊疽にいたることもあり、患部の切断を余儀なくされる場合もある。

足や手の感覚がなくなったとしたら、それは凍傷の初期症状と考えてよい。表在性凍傷では皮膚に灰色または黄色がかった斑点が現れ、深部性凍傷では肌が青白く変色し、冷たく硬く感じられる。温めると、患部が青または紫に変色し、水ぶくれができることもある。

重度の場合は、ただちに医師の診察を受けよう。発症者はできるだけ早く暖かい場所に運び、症状から表在性凍傷だと思われる場合は、患部を20分から40分、41℃以下のお湯で温める。凍傷をおこしていない人の温かな両手で発症者の手を握る、あるいは温かな太ももの上に患者の凍傷の手を置くなど、肌と肌を接触させる安全な方法で患部をゆっくりと温めるのもいいだろう。重度の凍傷は患部が再凍結する可能性

がある場合は解凍してはいけない。症状がさらに悪化するおそれがある。

凍傷になった場合は

- ●患部を雪や氷でこすらない。
- ●水ぶくれができていてもつぶさない。
- ●火や熱い石などで直接患部を温めない。
- ●体温が下がるため、患者にアルコールを飲ませてはいけない。
- ●患部を手でさすらない。組織の損傷が広がるおそれがある。

浸水足（塹壕足）

長時間、足が湿った条件下にさらされると浸水足を発症する。これは氷点より高い気温でも起こりうる。冷え、腫れ、しびれの症状が現れ、足全体が蒼白になる。壊疽は治療しなければ進行するおそれがあり、進行した症例では組織は死んで切断が必要になる。

いちばんの予防法は足元の通気性を良い状態に保つことだ。毎日、清潔な乾いた靴下に代えよう。治療するときは、まず足を乾かし、つま先を小刻みに動かして血行を良くさせる。さらに脚を高くして痛みや腫れを和らげ、自然に温まるようにしていく。

脱水症と日焼け

脱水症や日焼けは、通常、寒い環境では予想されないため、知らない間にかなり進行していることが多い。汗をかき、厚手の衣服に吸収された水分は補充しなくてはならないのだ——体は暑い環境と同じぐらい、寒い場所でも水を必要とする。脱水状

第6章　極寒からの避難と生き残り

即興のスノー・シェルター

密につまった天然の松の木の枝の形を利用して、シェルターをつくろう。木の付け根付近から雪を掘り出し、床に草を敷きつめる。

深くて硬い雪の吹きだまりを掘って部屋をつくれば、雪洞になる。暖かい空気は上昇するので、ベッドは入口よりも高い場所につくろう。

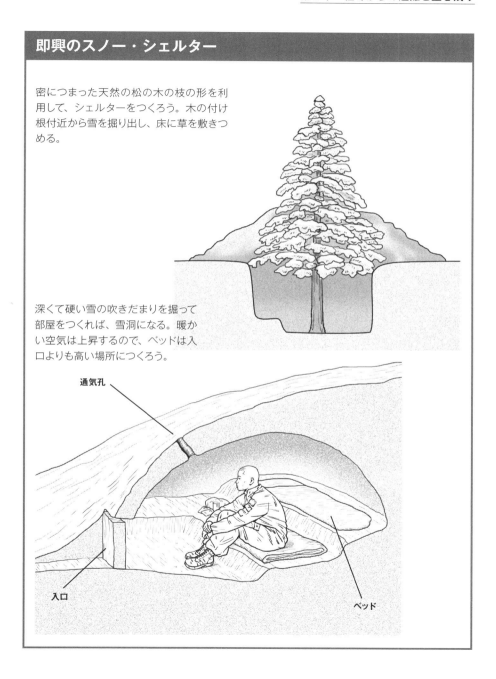

111

即席のサングラス

雪盲を防ぐために、手持ちの厚紙、樹皮などに細い切り込みを入れて即席のサングラスをつくろう。サングラスはひもか糸で固定し、まぶしさを抑えるために目の下にすすを塗ってもいいだろう。

態が疑われるなら、雪の上で尿の色を確認してみよう。濃い黄色なら脱水状態が疑われ、不足している水分を補う必要がある。薄黄色なら水分は普通にバランスが取れている。

気温が氷点下でも、肌は日焼けする。白い雪は太陽の光を効率よく反射するので、露出した肌を日焼けから守るために日焼け止めを塗り、目を保護するためにサングラスまたはゴーグルをかける。

氷の上を歩く

池や湖などに張った氷の上を歩かなければならなくなったときは、細心の注意を払って進むようにしよう。8cmより薄い氷は避け、氷の上を歩くときは、長い杖またはアイス・オウルを常に携帯する。アイス・オウルというのは、スチールのチップがついた2本の木で、ジャケットのポケットに収納できるサイズである。どちらも、氷が割れて冷たい水に落ちたとき、水の中から這い出るのに役立つ。

氷がたわんでいると感じたら、体重が均等に分散されるように氷の上で腹ばいになり、そのまま身をくねらせながら岸に戻ろう。

氷の割れ目に落ちる

氷が割れて水の中の落ちたときは、水を飲み込まないように注意する。水を飲んでしまうと深部体温が下がるので気をつけよう。水中深く落ちた場合には、落ちた穴まで泳ぎ、杖を氷の上に渡し、自分が這い出るためのしっかりとした支えにする。アイス・オウルがある場合は、水中でバタ足をして体を氷と平行にし、アイス・オウルを氷に刺す。アイス・オウルで氷の上に手掛かりを得たら、それを使って水中から体を引き上げ、転がるようにしてもっと硬い氷に向かって進む。

水中に落ちた人を助けるには、落ちた人がつかまることができるロープを水中に投げるか、しっかりとした枝を伸ばしてあげよう。氷上にいる人は穴に近づきすぎたり、飛び込んだりしてはいけない。何人かいる場合は、腹ばいになって手をつなぎ、人間の鎖をつくろう。腹ばいになることで全員の体重が氷上に均等に分散され、強度の低い氷の場所から落ちた人を引っぱり出すことができる。救助されている人にいちばん近い救助者の下で氷が割れ、突然ふたりの人間を救助しなければならなくなった場合

第6章 極寒からの避難と生き残り

にも、この方法が使える。

氷水に浸かった直後に雪の中を転がると、余分な水分はいくらか吸収されるが、完全な解決策にはならない。低体温症を防ぐために濡れた服はすぐに脱ぎ、体を温めよう。そうしなければ、20分ほどで体が冷え、死にいたる。数時間は横になって体を休めよう。体が回復するまでには、かなりの時間が必要である。

注意報と警報

凍えるような寒さだけではなく、冬には嵐が訪れ、洪水が起こり、人の命や財産が脅かされることもある。冬の悪天候を伝えるのに気象予報士が使用する用語は頭に入れておこう。

霜／凍結警報──氷点下の気温が予想され、植物、農作物、果樹に被害が生じるおそれがある。

大雪（吹雪）注意報──嵐になる可能性が高いので注意する。

大雪（吹雪）警報──特定の地域に嵐が到達している、または近づいてきているので、この警報を聞いたときは適切な行動を取る。

洪水注意報──洪水の兆候に注意し、すぐに避難できるように準備する。

洪水警報──洪水の発生が報告されている、または直前に迫っている。すぐに必要な予防策を講じる。

発症者の話

1992年、サー・ラノフ・ファインズは、マイク・ストロード医師とともに南極大陸横断を目指して出発した。ファインズ卿は、凍傷によるひどい痛みのことや、その痛みを肉体的、精神的にどう乗り越えようとしたかについて次のように語っている。

その夜、私は突き刺すような痛みで目が覚めました。私のつま先は凍傷にかかっていたのです。マイクは眠っていたので、私はマイクがやっていたのを思い出して、自分のペンナイフを使って患部を切開しました。痛みを和らげるにはこの方法がいちばんいいと思ったんです。膿やお茶のような液体がかなり出ましたが、痛みが続いたので、鎮痛剤を2錠飲み、再び眠りにつきました。でも数分後には、また目を覚ましてしまいました。そんな感じがしただけかもしれませんが。マイクはオートミールを食べたあと、私の患部を診察し、うまく膿を絞り出してくれました。
「大丈夫、腫れているのは一部だけだ」
私はベッドのマットレスから3cm四方程度の大きさの布を何枚か切り取り、傷のまわりに貼りました。このおかげで、最大の痛みを10とするなら、3くらいまではましになりました。

しかし、その後も絶え間なく痛みに襲われ、それは私をいら立たせました。いっときでもこの激しい痛みが消えてくれればいいのに。私は神経がすり減ってどうにかなってしまいそうでした。

この痛さに比べれば、この50年に経験し

た痛みなど物の数にも入りません。折れた骨や歯、もぎ取られた指、凍傷、慢性の腎臓結石。これらの痛みも相当なものでしたが、私はようやく本当の痛みを知ったのです。この痛みに私は打ち負かされるのではないか、それによって永遠に私の名に傷がつくのではないか、と恐ろしくなりました。

私は、精神的に痛みを撃退するいい方法はないものかと、いろいろ考えました。周囲に死を招くクレバスがあるときや航海の心配をしているとき、要するにつま先以外のことを考えているときは、途切れることのない痛みが弱まりました。痛みはまるで、蒸気機関車が線路の上をシュッシュッ

氷の割れ目に落ちる

氷の上を歩くのは、どんな場合でも避けられるものなら避けたほうがよい。しかし、もしそうせざるを得ない場合のために、アイス・オウルをいくつか携帯しておこう。アイス・オウルとはスチールのチップがついた2本の木で、ポケットに収納できるサイズのものである。もし氷が割れて、冷たい水の中に落ちたとき、氷上に這い出るのにアイス・オウルが役立つだろう。

第6章　極寒からの避難と生き残り

と音を立てながらぐるぐると走り回っているような感じで……機関車がトンネルを抜けると、痛みはまだあるものの、ましになっているのです。そこで私は、夜も昼も、痛みを抜けるトンネルを考え出そうと、過去の出来事をあれこれ思い出し、心を満たそうとしました。これがうまくいかなかったとき、特に転んで足をぶつけたりしたときなどは、痛みを生き物だと思うことにしました。また、自分の足を赤く焼けた火かき棒や電気ドリルだと思うこともありました。自分が火かき棒やドリルの一部になって、火をかき立てたり門柱をドリルで穴を開けたりしようとしているんだと想像しました。こうやって、自分の痛みがやっつける無数の「仕事」について考え、気を紛らわしました。このやり方で戦いに勝つことはありませんでしたが、負けることもありませんでした。

■ 車の冬対策

　厳しい寒さは人間だけでなく、車にとっても過酷だ。そのための簡単な予防策を、いくつか講じておこう。車を冬用に準備することで、エンストして、助けもこないような場所で立ち往生して困るといったことも激減するだろう。以下に、氷点下の場所にドライブに出かける前に、自分でできる簡単な車のチェックと車内に装備しておきたい品を示す。

タイヤをチェックする

◉タイヤの空気圧をチェックする。気温が低くなるほど、空気圧は下がる。適度な摩擦のためには空気圧の調整が不可欠だ。マニュアルで推奨されている圧力より低い場合は、さらに空気を入れておく。

◉タイヤの溝が深いことを確認する。特に路面が凍結している場合、溝が浅いタイヤではブレーキの効きが悪くなる。

◉定期的に雪の中、特に丘陵地を走る場合、スノータイヤを購入しておくといいだろう。スノータイヤは雪道で摩擦が強くなり、冬の条件で運転する場合、オールシーズンタイヤよりも優れた性能を発揮できるようつくられている。

バッテリーをチェックする

◉バッテリーの端子とケーブルに腐食がないか、しっかりと固定されているか確認する。

◉バッテリーを使用し始めてから3年以上経過している場合は、整備士にバッテリーテストを依頼する。屋外が極端に寒い場合、バッテリーの電力が最大50%低下することがある。

◉バッテリー液の液面の高さがバッテリーの鉛板をカバーしてない場合は、蒸留水を追加する必要がある。

不凍液をチェックする

◉通常の環境では、水と不凍液の比率は水50に対して不凍液50である。この比率でマイナス29℃の環境までラジエーターは保護される。

◉普段から気温がマイナス29℃より低い地域では、ラジエーターから50対50の比率の不凍液を少し流し、不凍液の原液で置き換える。水と不凍液の比率を変

115

えた場合、不凍液の比率が高くなると暑い季節に問題が生じる可能性がある。春が来たら、不凍液を流して、水と不凍液の比率を50対50に戻すようにしよう。
- 自動車用品店では不凍液テスターを安い値段で売っていて、水と不凍液の混合物の濃度をチェックすることができる。気象状況に対して混合物の濃度が適正でない場合は、必要に応じて不凍液または水を追加し、補正する。

エンジンオイルをチェックする
- エンジンオイルは定期的に交換する。オイルが汚れるとエンジンが効率的に動かなくなる。
- 寒さが厳しいときに必要なオイルの種類を、マニュアルを見て決めておく。寒い気温では、粘度の低いさらさらしたオイルの方がよく循環するので適している。

フロントガラスのワイパーと
ウィンドウォッシャー液
- ブレードは、使用してから6か月以上経っている場合は交換する。冬に安全運転をするには視界が良好であることが欠かせず、古いブレードではフロントガラスが効率的にきれいにならない。
- 凍らないウィンドウォッシャー液を使用する。ウォッシャー液は定期的に補充しておこう。ぬかるんだ道やほこりっぽい道、または海辺の道を走る場合は、ワイパーを頻繁に動かしてフロントガラスをきれいにする。
- 車を走らせてワイパーを動かす前に、フ

ロントガラスにワイパーが凍りついてないか確認する。凍りついたままスイッチを入れると、ブレード、ヒューズ、モーターが損傷する可能性がある。

ベルトとホースをチェックする
- 整備士に依頼して、冬が始まる前にファンベルトやホースの状態を確認し、摩耗している場合は交換する。気温が極端に低くなると傷むことが多い。

第6章　極寒からの避難と生き残り

水中に落ちた人を助けるための人間の鎖

氷の割れ目に落ちた人に差し出すロープや枝がない場合は、人間の鎖をつくる。ひとりが岸でひざまずき、もうひとりの人間の脚をしっかりとつかみ、その人は落ちた人がいるところまで氷の上に腹ばいになる。腹ばいになることで、体重が均等に分散され、救助を行う前に下で氷が割れることも少なくなる。

四輪駆動システムをチェックする
- 冬の前には、四輪駆動がスムーズに作動するかどうか、四輪駆動が使用されているときにドライブトレインに異音がないことを確認する。
- トランスミッションとギアのオイルの量を確認し、少ない場合は補充しておく。
- ドライバー全員、四輪駆動システムの正しい扱い方を把握しておく。
- マニュアルを見て、四輪駆動が作動する速度、条件を確認する。

塗装を保護する
- 冬になったら、まずワックスがけを行おう。氷、雪、塩、砂利で車の塗装が傷つくこともある。
- 冬の間は頻繁に洗車を行う。車輪格納部やしぶき、塩、砂利がついたボディの下をきれいにすることを忘れずに。

緊急用キットを携帯する
- 懐中電灯
- 発煙筒
- 救急箱と救急法のマニュアル

117

- アイススクレーパーとスノーブラシ
- 除雪用シャベル
- 工具一式
- ブースターケーブル
- 遭難信号旗
- ダクトテープと絶縁テープ
- トイレットペーパー
- ナイフ
- けん引用チェーン
- タイヤが空回りしたときの滑り止め。滑り止めには、砂、融雪剤、塩、固まってない猫砂が適している
- 替えの暖かい衣服
- ブーツ
- 毛布
- 水と保存のきく食料品
- 公衆電話に使用する小銭など

冬の車の運転

　冬季における死亡原因の第1位は交通事故である。寒さに備えて車の準備をしたら、運転中はガイドラインに従い、安全運転をする。

車のサバイバルキット

救急箱と救急法のマニュアル、毛布、アイススクレーパー、懐中電灯、けん引用チェーン、ブースターケーブル、ナイフ、工具一式、ダクトテープ、緊急照明弾は、車で出かける際の必需品で、車で立ち往生した場合に必要となる。

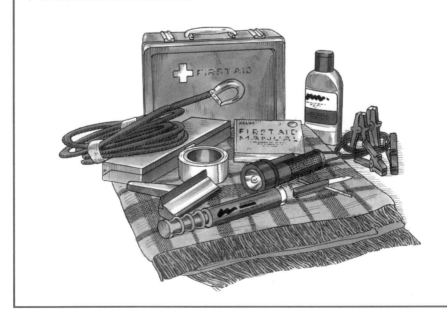

第6章　極寒からの避難と生き残り

◉シートベルトを常に着用する。
◉速度を落とし、車間距離をいつもの3倍にする。
◉車線変更や交差点では、十分に注意を払う。
◉自分の車が相手から見えやすくなるよう、運転中はヘッドライトをつけたままにする。
◉窓、ミラー、ライトから氷や雪を取り除く。
◉アンチロックブレーキの場合は、ブレーキペダルをしっかり踏み、ポンピングしない。
◉アンチロックブレーキではない場合でブレーキがロックしたときは、ブレーキペダルから足を少し離す。
◉滑りやすい路面でスリップし始めたら、スリップしている方向にハンドルを切るとよい。たとえば、車の後方部分が右に流れたら、ハンドルを右に切る。
◉タイヤが空回りしないようにゆっくりと加速する。
◉冬季気象注意報や大雪（吹雪）注意報が出ているときにやむを得ず運転する場合は、なるべく日中の明るい時間帯に大きな通りを走り、誰かと一緒に車に乗るようにする。また、自分が走る道を誰かに知らせておく。
◉大雪（吹雪）警報が出ているときには車の運転はできるかぎり避ける。
◉ガソリンは満タンにしておく。こうしておけば、燃料タンクに氷ができず、また燃料の供給経路にも氷がつまらない。
◉最新の道路状況をラジオで確認する。

車で立ち往生する

　極寒の地でエンストする、あるいは車が立ち往生して動けなくなっても、誰も助けにきてくれないという状況に陥ることもある。万が一、僻地でこのような事態に陥ったら、暖かくして過ごし、救助隊から車が見えるようにすることが重要だ。

◉ハザードランプを点ける。
◉車内に留まり、暖かくして過ごす。
◉モーターとヒーターを1時間ごとに約10分間オンにし、温めておく。貴重な燃料が無駄になるので、つけっぱなしにしない。
◉救助隊から車が見えるように、エンジンをかけている間は室内灯をつけておく。
◉アンテナやドアに遭難信号旗や鮮やかな色の布をかけておく。
◉排気管が詰まってないか確認する。詰まっている場合、有害な排ガスが車に逆流することがある。
◉新鮮な空気を車内に入れ、一酸化炭素中毒を防ぐために、窓を少しだけ開ける。可能なら、風が吹き込まないほうの窓を開ける。
◉腕、脚、指、つま先を定期的によく動かして血液を循環させると、身体が暖かくなる。絶対に無理はしないようにする。
◉長時間、同じ場所にとどまっていないようにする。
◉ほかの人と身を寄せ合う。
◉毛布を体に巻き付ける。毛布がない場合は、ロードマップ、新聞、替えの衣類、シートカバー、フロアマットで代用する。

119

断熱作用のあるものは何でも役に立つ。
- 援助を得られそうな、あるいは避難所になりそうな建物を見たことを思い出したら、外が嵐でないときに、暖かく着込んで道路に沿って建物まで歩いて行く。道路に沿って歩くと、通りすぎる運転手や救助隊に見つけてもらえる可能性がある。また、開けた場所を歩いていると方向がわからなくなることもあるので、方向は必ず確認しておこう。

家の冬支度

　家を暖かく保ち、暖房費を減らすためには、冬が来る前に寒さに備えた準備が重要になってくる。家を寒さから守る方法はすでに述べた通りである。ここではそれらに加えて、凍結による家のダメージを防ぎ、住宅からの熱損失を最小限に抑える方法を紹介しよう。これらの対応策は、凍てつくような天候がずっと続いているところではなく、時おり寒波がやって来るような地域で特に役に立つだろう。

救急箱の中身

必要なものがきちんと準備された救急箱はどの家庭にも欠かせない。ガーゼ付きばんそうこう、滅菌ガーゼ、テープ、脱脂綿、綿棒、はさみ、ピンセット、消毒液、ヨードチンキ、体温計、ゴム手袋、小さな裁縫セット、日焼け止め、処方薬を常備しておく。月に一度は中身をチェックし、必要に応じて入れ替えたり、使用期限のすぎたものを処分したりする。

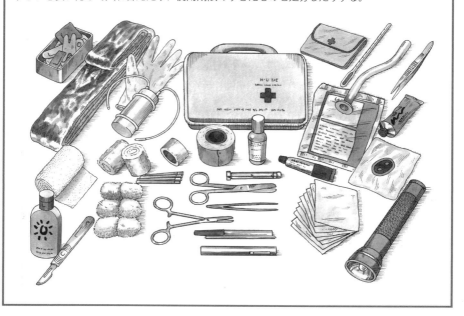

● 凍結防止に、外にある水道の蛇口にカバーを取り付ける。
● 屋外のむき出しになっている配管を新聞紙やビニールで包む。
● 低木は布で覆い、その上にビニールシートをかぶせて、凍らないようにする。
● 夜はシェードやカーテンを閉める。これにより不必要な気流が減少する。
● 使っていない部屋のドアをすべて閉め、使っている部屋だけを暖めるほうがエネルギー効率が良くなる。
● ドアの下についている隙間風を防ぐためのゴムパッキンが損傷しているか消耗している場合は交換する。
● 暖房機は、可燃物から最低1mは離して置く。
● 石油ストーブを使用する場合は、有害な灯油の蒸気が部屋に溜まらないように屋外で燃料を補給し、換気を行う。

ペット

　人間と同じようにペットや家畜もまた凍傷にかかりやすい。寒い環境に取り残されて凍死する動物もいる。あなたのペットや家畜に暖かな避難場所と十分な食事、水を確保しよう。

基本的な予防策

　厳しい寒さにさらされるときは、バディシステム［訳注：ダイビングなどにおいて事故を防ぐためにふたり一組のペアをつくって、互いに助け合いながら行動し、事故を防ぐもの］を取り入れ、お互いに凍傷や低体温症の兆候がないか確認しよう。適切な重ね着をして、外に熱が逃げないようにし、肌を乾いた状態に保つことも大切だ。避難所にいる場合でも、防寒用の毛布や非常用のアルミ毛布を体に巻き付け、熱損失を防ぐために首を覆うなどして熱を逃さないようにしたほうがいい。

　少しの運動で血行が促進され、体を暖かく保つことができるが、運動によってカロリーが消費され、必要な水分量が増えることも覚えておこう。動かなくなった車を押すなど、寒い中で激しい運動をすると、そのストレスから心臓発作を起こす危険性もある。無理をしないよう気をつけよう。

　厳しい寒さの中に取り残されたとき、寒さと脱水症の影響で無気力に陥ってしまうことがある。こうした状態は氷点下の環境では命取りになることもあるので、前向きな思考を維持し、自分がいまいる状況は永久に続くわけではないと自分自身に言い聞かせることが重要だ。無気力に屈してはならない。軽い運動をしたり、仲間と会話をしたりして、無気力状態に陥らないようにしよう。氷点下の環境に身を置いたときは、自助努力をする必要がある。心身の状態を常に把握し、何よりも落ち着いて注意を怠らないようにする。

121

第7章 猛暑をしのぐ水分の確保

人間の体は、水分のない暑い環境では3日しかもたない。
体液が5%減少するとのどの渇きや衰弱などの症状が、
10%になると頭痛や歩行困難などの症状が現れ、
15%以上失われると死にいたる。
暑いときの服装、シェルターをつくる方法、
水を得る方法を知ることで、
暑い環境で自分の命を守ることができるだろう。

そこが自宅であろうと砂漠であろうと、厳しい暑さに身を置くことは危険である。猛暑とは、気温がその地域の平均最高気温より10℃以上高く、その状態が数週間にわたって持続する状態をいう。高気圧は地表近くにもやのかかった湿った空気を閉じ込め、そこに湿気が加わると不快さが増す。また、暑い環境に乾燥した空気が入り込むと、砂塵嵐が発生し、その条件が長く続けば日照りとなる。暑い場所といえば誰もが砂漠を想像するだろうが、実は都市部も猛暑の危険にさらされている。都市部の気温が高くなる原因として、熱を吸収しやすい汚染物質が都市に蓄積すること、地表を覆っているレンガ、アスファルト、コンクリートが熱を吸収し、夜間ゆっくりと再放熱していることが挙げられる。このため都市部は周辺の郊外より暑くなり、さらにすでに気温の上がった街で熱波が長く続くと、正午の砂漠の気温と同じくらい危険な気温が持続することもある。

暑さと人間の体

高温によって体の水分が急速に奪われ、体温が急上昇すると、人体は正常に機能しなくなり、死にいたってしまう。人の皮膚には300万以上の汗腺があり、汗を分泌して体温を下げているのだが、気温の上昇や

運動による体温の上昇によって、人体はより多くの汗を分泌しようとする。汗をかけばかくほど体内の水分が奪われ、湿度が高いとさらに状況は悪化していく。空気中の湿度が高いと汗が蒸発しにくくなり、体内から熱が放出されなくなるため、さらに汗をかき脱水症が進んでしまう。

体温を上げる要因は、上空から照りつける太陽光だけではない。太陽光は直接当たらなくても、地表で反射した光線や熱風となって人体に影響を与え、また太陽光によって熱くなった物質からの伝導熱もその要因となる。

仮にあなたが砂漠という厳しい環境にいたとしよう。そこで直面するのは、極端に少ない雨、強烈な暑さ、まばらな植生、眩しい日差し、大きな気温差、砂嵐、蜃気楼などである。

- 砂漠とは年間降水量が 25cm 以下の地域と定義されており、場所によっては年間降水量が 10cm 以下のところもある。
- 日中最高気温が 60℃に達することもあり、砂や岩は空気よりも熱い。
- 夜間の気温は 10 度まで下がり、それに対応した服装をしていないと寒く感じる。
- 植物はまばらにしかないので、水や緊急時の避難場所を見つけるのが難しい。
- 目を保護していないと強い光で一過性盲になる危険がある。
- 砂嵐は最大風速、時速 129km で、直接吹きつけられると痛みを感じる。
- 蜃気楼は、立ち昇る熱い空気を通過する光が屈折したことによって引き起こされる錯視である。蜃気楼は遠くの物が移動したように見え、そこにないものが見える。

砂嵐から身を守る

砂嵐に巻き込まれた場合は、直ちに避難する。風下を向いて、岩の下にしゃがみ込むのがいい。頭や首、肩をジャケットなどで覆い、吹きつける砂が肌に直接当たらないようにする。何もない場合は、平らに伏せて頭、首、肩を保護する。砂嵐が行ってしまうまで待ってから移動しよう。

暑いときの服装

暑い環境では深部体温を保つ服装が必要になる。砂漠での服装は、日中の厳しい暑さや強い日差しから体を守り、なおかつ夜間の寒さから体を温かく保ってくれるものでないといけない。外からの熱を遮断し、風通しをよくしてくれる重ね着が効果的だ。

重ね着

内側には、淡い色のコットンの T シャツを着て、汗を吸収してくれる下着を身につけよう。T シャツの上には薄手のコットンシャツを重ね、日焼け防止のために長袖を選ぶとよい。日差しや吹きつける砂から脚を保護するために、丈夫でゆったりとした薄手の綿のズボンを着用する。ジャケットは、砂まじりの風や夜の寒さから身を守るために薄手の防風のものを選ぼう。

頭、足、目を保護する

日差しを避けるために、つばの広いひも

第7章 猛暑をしのぐ水分の確保

のついた帽子をかぶる。野球帽やフェルト帽は熱がこもりやすくなるのでやめたほうがいい。靴は靴底が頑丈で軽いブーツがいい。また、濃い色は熱を吸収するため、身につけるものはいずれも濃い色ではなく日光を反射する色の薄いものを選ぼう。有害な紫外線や吹きつける砂から目を保護するためにも、サングラスは必ず着用する。

バンダナやハンカチを首にゆるく巻いておくと、汗を吸収し、日差しも遮ってくれる。

湿らせて巻くと涼しくなり、効果的である。

シェルター

砂漠に住んでいる者は、たいてい夜の涼しいときに移動する。木があれば木の下で休み、激しい運動は避けている。運動をすると体内の水分が失われてしまうからだ。休めるような木がないときは、岩や杭の間にひもを張って、その上に毛布やシートをかぶせれば簡単な小さいテントができる。

暑さから身を守る重ね着

砂漠での服装は、日中の太陽の日差しから肌を守り、夜間は保温効果のあるものが必要とされる。素材は丈夫で、軽いものがよい。また、淡い色の衣服は太陽の日差しを反射するので、より効果的である。

横になるための穴を掘り、体と熱い地面の間に保護層をつくろう。きちんと服を着て、日陰にいれば、必要最低限の水の量で過ごすことができる。暑いからといってシャツは脱いではいけない。コットンシャツは汗を吸収するので、涼しさを保ち、日焼けから肌を守ってくれる効果がある。

水

人の体は発汗、排尿および排便によって自然に水分を排出している。平均的な成人では1日に2〜3リットルの水が排出され、その分補給する必要がある。この数字は動きが活発なときには2倍になり、暑さの厳しい地域では3倍になる。

猛暑の中では、水を確保することが最優先事項である。人は水なしでは3日ほどしか生きられないが、何もせず日陰で休んでいれば、気温によって数日の誤差はあれど、水なしで5日から12日間は生き延びることが可能である。

のどの渇きだけで必要な水の量を正確に判断することはできない。おおよその目安ではあるが、38℃以下の気温では1時間

砂漠のシェルター

快適に横になれるよう深さ46〜61cmの壕を掘る。掘った砂で三方を囲み、砂の壁をつくっておこう。溝の上にポンチョやキャンバス地のシートなどをかぶせ、その上に砂を盛り、シートが動かないように固定しておく。もう1枚シートがあるなら、最初の層の30〜46cm上にもうひとつ層をつくる。

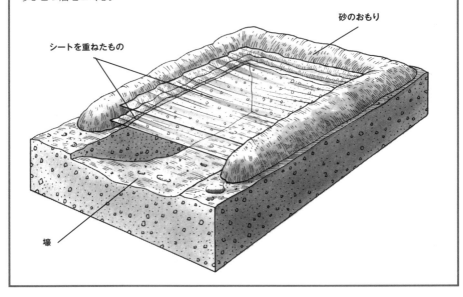

に500ミリリットル、38℃を超えると1時間1リットルの水を飲むといいだろう。水はのどが渇く前に飲むようにするとよい。飲む量を制限すると熱中症になるおそれがあるため、水分は十分に取るようにする。水がなくなりそうになったら、調達し、浄化しておく。

水が乏しいときは、食事を控えるとよい。食物を取ると消化の過程で水分が必要になり、また体を冷やすために必要な貴重な体内の水分を使うことになるからだ。

生き残るために自分の血液や尿を飲んだという話はたくさんある。だが、自分の体液を摂取する選択を迫られたときは、何もしてはいけない。尿には有害な老廃物が含まれており、約2%が塩分なので、脱水症がより進んでしまうおそれがある。また、血液はさらに尿よりも塩分濃度が高く、消化の過程で食物と同じくらいのエネルギーと水分が必要になる。人間は食料なしで約3週間生き延びることができるので、少なくともその間だけでも体液を摂取する心配はしなくてよい。

水を見つける

緑の植生は水源への道しるべである。植物がない場合でも、一見乾燥した川床で水が確保できることがある。急カーブになっている外側の土手や、川床が岩にぶつかっているところを掘るとよい。

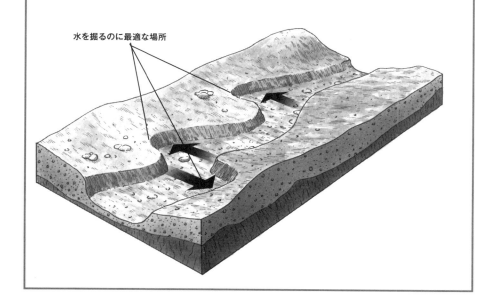

砂漠で生き延びるために必要な水分量

日陰で休んでいた場合

℃	まったく水分を取らないとき	3リットル	8リットル
50	2～5日	2～5日	3～5日
30	7日	5～8日	14日
20	12日	14日	23～25日

夜間歩き回った場合

℃	まったく水分を取らないとき	3リットル	8リットル
50	1日	2日	3～5日
30	4日	5日	5～7日
20	9日	10～15日	5～15日

(*McManners, Hugh.*The Complete Wilderness Training Book. *New York: Dorling Kindersley Publishing Inc. 1994*)

水を見つける

地表に水がなくても、地中にある水を見つけるための手がかりはある。木などの植物は水を必要とし、ミツバチやハエは決して水源から遠くへ移動することはない。また、動物の足跡をたどれば、水源につながることもある。

水源に向かって井戸を掘るときは、まわりより低い場所、例えば、涸川の淵、崖の下や露出した岩の根元、湿った砂がある場所を選び、水が出るまで掘ってみる。

浄水

水を調達したら、飲む前に濾過し、浄化する。浄化していない水を飲むと、赤痢、コレラ、腸チフスに感染してしまう危険性がある。またこれらの病気による下痢で脱水症がよりひどくなる。

濾過

濾過装置として清潔な靴下、布袋、ズボンの脚を使う。濾過は水のにごりを取るだけであり、安全な飲料水にするためには、水の浄化が必要である。

三脚のフィルター

3本の長い棒の一端を紐でしばって三脚をつくる。靴下を使う場合、砂やハンカチを靴下に詰めておこう。下に缶などの容器を置き、容器の真上に靴下を三脚から吊るしてその中に水を入れ、ゆっくりと缶の中にしたらせる。1回濾過をするごとに靴下をゆすぐ。

布袋のフィルター

布袋またはズボンの脚の部分を使う。一方の端を結んで閉じ、砂、砕石、布など濾過材を中に詰める。容器の上に吊るして水

第7章 猛暑をしのぐ水分の確保

水を濾過する

水を濾過するには、布袋またはズボンの脚の部分に濾過材を何層かに重ねて入れる。濾過材には砕石、砂、布がいい。容器の上に濾過器を置き、上から水をそそぎ、水が濾過材を通過するようにする。

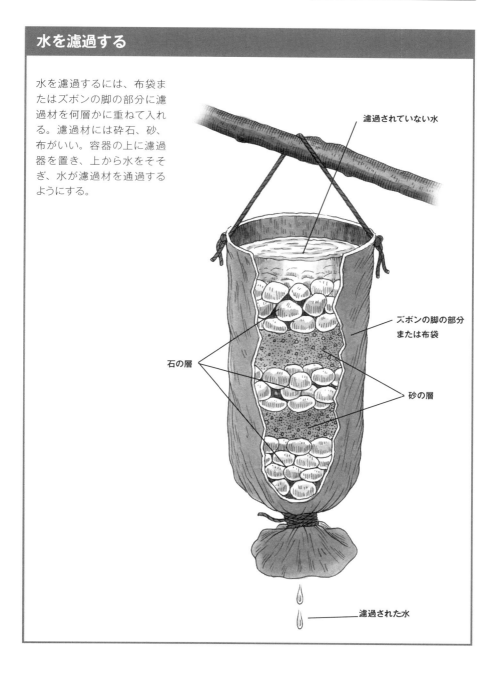

をそそぐと、濾過された水が容器にしたたり落ちる。

浄化

水を浄化する最も簡単な方法は、最低10分間は水を煮沸させる方法である。高度が高ければ高いほど、長い煮沸時間が必要になってくる。海抜が300m上がるごとに煮沸時間を1分追加する。

化学的な浄化方法で行う場合は、浄化剤としてヨードチンキ、塩素系漂白剤、過マンガン酸カリウムがよく使われる。

海水の蒸留器

海水の蒸留器は、海水を蒸留して飲料水を得るための効果的な方法である。海水を缶の中に入れ、その上に布をかぶせて沸騰させる。沸騰させて出た蒸気を布が集めてくれるため、布は何枚か用意しておこう。蒸気が集まった布は熱いので、素手ではなく棒を使って缶から取るようにする。布が十分冷えたら、容器に浄化した水を絞り出す。

第7章　猛暑をしのぐ水分の確保

ヨードチンキ——透明な水1リットルに10
滴または濁った水に20滴加える。ヨード
チンキを加えると水はうっすらピンク色に
なり、独特の味になる。

塩素系漂白剤——透明な水10リットルに
2～3滴加える。有効成分である次亜塩素
酸ナトリウムは通常使われている漂白剤の
5％程度である。塩素錠剤をもっていれば、
水500ミリリットルに対して1錠加えると
いい。

過マンガン酸カリウム——水が薄いピンク
色になるまで加える。

海水を蒸留する

　海水を浄化するための蒸留器をつくる。
三脚をつくり、その下に火をおこす。三脚
から海水を満たした缶を吊るし、きれいな
布を缶の上にかぶせる。水が沸騰すると蒸
気を布が集める。布は何枚か用意し、一度
に1枚の布を使う。熱い布で手をやけどし
ないように、棒を使って布を缶から持ち上
げる。布が十分冷えたら、浄化した水を容
器に絞り出す。

地下に穴を掘ってつくる太陽熱蒸留器

　太陽熱を利用した蒸留器をつくること
で、土から水を得られる。太陽と土の温度
差で水が凝縮する。

● 土が水分を含んでいる可能性が高い場所
　で、日陰にならない場所を選ぶ。
● 深さ約60cm、直径1mのお椀型の穴を

掘る。
● 穴の底に容器を置く。
● 管があれば、一方の端を容器に入れ、も
　う一方の端を外に出す。
● 穴にビニールシートをかぶせ、シートの周
　囲に土をかけて固定する。シートの端を
　押さえるのに石を使ってもよい。
● 拳ぐらいの大きさの石をビニールシート
　の中央、容器の真上になるよう置く。
● 地面から約40cm下まで石の位置を下
　げ、容器の真上にくるように石の位置を
　調整する。
● シートが穴の側面に触れていないか確認
　する。
● シートの周囲にさらに土や石を乗せ、シー
　トが落ちないように、水分が逃げないよ
　うに固定する。
● 水分が蒸発してしまわないように、管（こ
　れで容器の中の水を飲む）を使っていな
　いときは栓をする。

　太陽熱によって蒸発した水蒸気がビニー
ルシートの裏側に水滴となってくっつき、容
器にしたたり落ちる。水を得られなくなった
ら、新しい穴を掘る。

地上の蒸留器

　この手の蒸留器を使って水を得る場合
は、植物と、よく日の当たる傾斜面が必要
である。

● 青草をビニール袋に2分の1から4分の
　3ほど入れる。
● ビニール袋に石などの重しを入れる。

131

太陽熱を利用した蒸留器

日中、陰にならない場所を選ぶ。容器を穴の底に置き、管の一方の端を容器に入れ、もう一方の端は外に出す。穴にビニールシートをかぶせ、シートの周囲を土で押さえる。ビニールシートの中央に石を置く。石は容器の真上になるようにする。水分が凝縮してビニールシートに水滴となってくっつき、容器にしたたり落ちる。

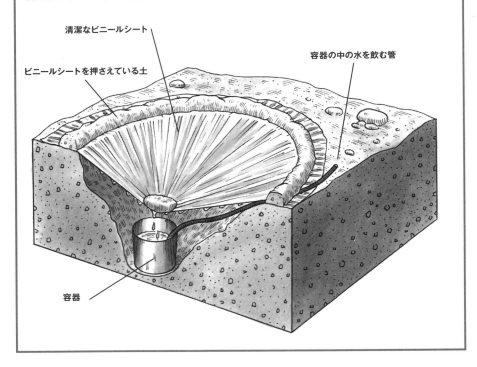

- ビニール袋の口をしっかりと閉じる。ただし、中に空気を残す。
- 日の当たる傾斜面にビニール袋を置く。重しの石がビニール袋のいちばん低い位置にくるようにする。

凝縮した水が、袋の底に入れた石のまわりにまとまる。毒をもつ植物を使わないようにしよう。さもないと、得られた水が有毒なものになってしまう。

熱中症

長時間、暑い環境にいたり、活動しすぎたりすると熱中症にかかる。熱中症になるのは暑い場所とは限らない。どこにいても熱中症になる危険性がある。砂漠だけでな

く、都会にいても熱中症になるおそれがある。

熱けいれん

たくさん汗をかいたとき、人体に必要な塩分が足りなくなると、筋肉にけいれんが起こり、痛みが生じる。激しい運動や仕事が引き金になることもある。脚、腕、腹部がけいれんし、軽度から重度までさまざまな症状が見られる。熱けいれんの人を見かけたら、日陰に移し、３分おきに少量の食塩水を飲ませる。すぐに対処しないと症状が悪化し、熱疲労や熱射病になることもある。

熱疲労

体内の水分や塩分が不足すると、熱疲労が起こる。皮膚への血流が増え、生命維持に欠かせない重要な臓器への血流が減少することにより、ショック状態になることもある。頭痛、興奮、錯乱、脱力、めまい、発汗、けいれん、皮膚のべたつきといった症状が見られるようになる。そうなった場合は、まず、発症者を涼しいところに連れて行く。衣類を脱がせ、冷たく濡れた布を皮膚に当てる。意識を失っていないときは、15分ごとにコップ半分の冷たい水を飲ませる。アルコールやカフェインの入ったものは症状を悪化させることもあるので注意する。

熱射病

日射病ともいう。極端な水分不足と塩分不足によって起こり、命にかかわる危険性もある。発症者が出たら、ただちに医師の診断を受けさせる。自分で体温を下げられないので、すぐに体を冷やすことが必要だ。熱く赤い皮膚、嘔吐、意識混濁、弱くて速い脈、浅く速い呼吸、40.5℃以上の高熱などの症状が現れる。涼しい場所に移し、体を冷たい水に浸すか、濡らした布を当てる。横に寝かせ、風を当てる。水は発症者が飲みたくないと言ったら、無理に飲ませなくてもよい。

日焼け（サンバーン）

太陽の光を浴びすぎることで生じる皮膚反応。皮膚の赤みや痛み、水疱、発熱、頭痛といった症状を呈する。肌の露出を控え、日焼け止めクリームをたっぷりと塗るなどして予防する。日焼けは曇りの日でも起こる。日焼け止めクリームは汗で流れるので定期的に塗り直すことを忘れないようにしよう。

発症者の話

1986年、マイケル・アッシャーはラクダの背にまたがってサハラ砂漠横断に出発した。厳しい暑さがマイケルや妻のマリネッタ、ガイドのマフーズたちの心身にどのような影響を及ぼしたのか、マイケルは以下のように話している。

翌日、私たちはゆるい起伏を繰り返す伸び放題の草原を渡っていました。熱風がどこまでも私たちを追いかけてくるんです。その日は暑い季節のなかでもとくに暑い日でした。地面は燃えるように熱く、風はまるで火炎放射器が火を噴いているようでした。６月のシンゲッティよりも暑くて、東

地上の蒸留器

青草を入れたビニール袋が簡単な蒸留器に早変わりする。ビニール袋はよく日の当たる傾斜面に置き、底に石を入れて袋が動かないようにする。植物から蒸発する水分が水になり、袋の底に入れた石のまわりに水がたまる。

サハラ砂漠でこれほど厳しい暑さを経験するのは初めてでした。鞍、両手に持っているつかまり棒、シャツのひだ。何もかも燃えるように暑かった。手足は焼けつく暑さで水ぶくれができていました。喉は紙やすりが貼りついているようで、口はねばねばして痰が絡み、息が詰まりそうでした。突風になり、強い熱風が私たちに襲いかかり、まるで滴り落ちる熱い脂で煮込まれているような感じでした。風が凪ぐと空気が止まり、同時に顔から玉のような汗がにじみ出てきました。頭に厚手のターバンを巻き、上は風通しのいいシャツ、下はパンタロンをはいていてよかったと思いましたよ。冷たい空気が下まで抜けてくれるんです。ですが、何をもってしても喉の渇きと吐き気だけは和らげることができませんでした。

正午が近づくと、私たちは木陰を求めてあちこち歩き回りましたが、何も見つかりません。砂漠の広大な風景の中、見渡す限り何もないんです。そこで、代わりに私たちはテントを張ることにしました。ラクダから降りると、砂が熱すぎて立っていることさえできません。サンダルを履いていても足の裏が焼けつくように熱いんです。「この上で卵を割ったら、目玉焼きができるんじゃないの」と、マリネッタが言いました。テントの中は息が詰まるほど暑かったのですが、それでも外の地獄よりはましでした。マリネッタが2分でズリックをつくってくれました。マフーズが飲んでいる間、私の目はマフーズのお椀に釘付けになりました。マフーズがごくごくと飲み、喉ぼとけがその都度上下する。私には渡さないんじゃないかと思いましたよ。マフーズからズリックを渡されたとき、「こんなに飲みやがって！」と、心の中で思わず毒づきました。お椀を口に傾けました。マリネッタの疑わしげなビーズのように小さな目が、私の動きを逐一追っているのがわかりました。どろりとした甘いミルクが喉を滑り落ちる感覚は、何ともいいようのない素晴らしいものでした。口の中のヒリヒリした痛みがやわらぎ、五臓六腑にしみ渡りました。今度は妻にズリックを渡しました。妻は私からひったくるようにお椀を取りましたが、底に残っている量を見て、非難するような目で私をにらみました。

ズリックで水分補給された細胞から汗腺

第7章　猛暑をしのぐ水分の確保

暑気の源

直射日光だけが暑さの源ではない。吹きつける熱風や砂に反射する熱によっても暑くなる。砂や石の温度は気温以上に高い。こうしたものに直接触れることでも体温が上昇する。

の作用で汗が吹き出し、私たちの体はすでに汗だくになっていました。いっときではありましたが、とても心地よい涼しさを感じることができました。ですが、それもほんの一瞬のことで、また新たな喉の渇きが襲ってきました。暑すぎて料理などとてもできたものではなかったので、マフーズが紅茶を入れました。そのあと私たちはテントで横になり、神よ、どうかこの暑さを取り除きたまえと祈りました。北極であろうと南極であろうとジャングルであろうと大海原であろうと、夏のあのサハラ砂漠以上にひどい気候を想像することは私にはできません。

知っておきたい気象用語

熱波——異常な高温と多湿が長く続く現象。

暑さ指数——実際の気温に相対湿度を加味して、体感する暑さを表した指標。値は華氏で示される。強い日差しの下では指数

脱水症の影響

体液喪失 5%
体液喪失 10%
体液喪失 15%

が15上がる。

基本的な暑さ対策
自宅で
- アルミ箔などを窓に貼り、熱を反射させて入らないようにする。
- 朝日や西日の入る窓にシェードやカーテン、シャッター、日よけ幕などを取りつける。
- なるべく外に出ない。
- 栄養のある軽い食事を取る。
- 水分をたっぷりと取る。
- アルコールの摂取を控える。アルコールは脱水症を加速させる。
- 外ではつばの広い帽子をかぶる。
- 軽くゆったりした服装をする。
- できるだけ太陽に当たらない。出かける

第7章 猛暑をしのぐ水分の確保

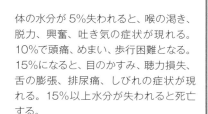

体の水分が5%失われると、喉の渇き、脱力、興奮、吐き気の症状が現れる。10%で頭痛、めまい、歩行困難となる。15%になると、目のかすみ、聴力損失、舌の膨張、排尿痛、しびれの症状が現れる。15%以上水分が失われると死亡する。

体液喪失15%以上

ときは常に日焼け止めを塗る。
◉無理をしない。
◉かかりつけ医が指示したら、塩の錠剤を摂取する。
◉渇水時には、洗車や芝生の水やりに使う水の量を減らす。

砂漠で
◉行き先と帰還予定を誰かに知らせておく。
◉誰かといるときは、熱疲労、熱射病、日焼けの兆候をお互いに観察しあう。
◉少なくとも1時間に1回は水分を補給する。
◉日陰で休息する。
◉休息時は熱い地面と体の間に1枚挟む。
◉尿の色をチェックすることで、脱水症の兆候を見る。薄い色なら体液は十分。色が濃かったら、もっと水分を取るようにしよう。

生きる気力
　熱と喉の渇きによって、場合によってはあなたも焦燥感に駆られることがあるかもしれない。だが、どのような場合であっても助けが来るという希望や、この苦しい状況を打開できるという希望を決して捨ててはいけない。ちょっとした創意工夫と忍耐があれば、灼熱の砂漠でさえ生き残ることができるのだから。

第8章　大雪から身を守る

大雪により雪崩の発生、雪眼炎や低体温症、
交通障害の危険が生じる。雪深い環境を克服するには、
雪中での運転法、シェルターのつくり方、
雪崩から身を守る方法、
救助隊への信号の送り方を知る必要がある。

　ひどい大雪から身を守るには、暖かな服装と避難する場所が必要だ。大雪に見舞われると移動が困難になり、水やシェルターのような最低限の必需品を得るのも難しくなる。深い積雪によって屋根の倒壊、空港閉鎖、家畜の殺傷、雪崩が起こる可能性もある。

　冬の嵐の中で最も厳しいものがブリザードだ。ブリザードになると、吹きつける雪で視程が２～３mにしかならないこともある。そのため車の運転は非常に危険で、場合によっては不可能となる。屋外でブリザードに巻き込まれると、すぐに道に迷い、凍死するおそれもある。また、サバイバルキットをもたずに出かけ、救助隊を待ってい

る間に車に閉じこめられて凍死した人もいる。ブリザードでは電線や電話線が故障することも多く、必要な食料や生活必需品を手に入れることができず、家の中に閉じ込められる。

　ブリザードは予報が難しい。通常、ひどい大雪は気温が氷点下付近で発生する。気象予報士は北から近づく北極気団を観察し、下層の大気が雪をつくるくらい冷たいかどうかを判断している。冬の嵐の生成には３つの重要な要素がある。ひとつ目は、氷や雪の形成に必要な、雲中と地表付近の氷点下の空気。ふたつ目は、湖水や海水から蒸発する水蒸気、３つ目は雲や降水をもたらす上昇気流である。

氷と積雪によるけが

◉ 約 70% が自動車事故による。
◉ 約 25% が冬の嵐に巻き込まれたことによる。
◉ 被害者はほとんどが 40 歳以上の男性。
（アメリカ海洋大気庁による）

冬の気象用語

ブリザード——風速が時速 56km 以上の吹雪をともなった強風が吹き、なおかつ視程 400m 以下の状態が 3 時間以上続いているもの。

吹雪——雪交じりの風が吹き、降雪中の雪や降雪した雪が風によって空中に舞い上げられ、視程が損なわれている状態。

スノー・スコール——強い突風をともない、短期間に大量に降る雪。深い積雪となる。

スノー・シャワー——短期間に強弱をつけながら降る雪。ある程度の積雪が見込まれる。

にわか雪——一時的に軽く降る雪。積雪はほとんどない。

注意報と警報

冬季気象注意報——冬の気象状況により、不便な状況や危険な状態になることが予測される場合、特に車の運転が危険になる場合に発せられる。

大雪（吹雪）注意報——当該地域で冬の嵐になる可能性がある。

雪崩の危険ゾーン

雪崩はほとんど凸斜面で起こる。また、こう配が急間に太陽が当たる南向き斜面も危険である。バラ崩れて雪崩が起きやすくなるからだ。反対に南半球北向き斜面が危険。スキーヤーの滑降、大きな音活動が雪崩を引き起こす要因となる。

安全 ◀

大雪（吹雪）警報——当該地域で冬の嵐が発生している、またはまもなく発生する。

ブリザード警報——雪や強い風が組み合わさり、前が見えないほどの大雪で視程がほぼゼロになり、深い吹き溜まりや、生命を脅かすほどのウィンドチルをもたらす。この警報が出されたときは、すみやかに安全な

第 8 章 大雪から身を守る

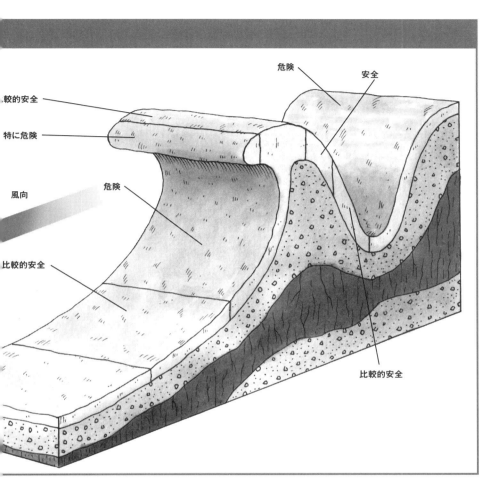

場所に避難しよう。

霜／凍結警報——氷点下の気温が予想される。

服装

大雪の中で生き残りたければ、冬服を十分に重ね着したり、熱が逃げやすい場所を守ったりする必要がある。頭、首、手首、足首からかなりの熱が放出されるので、熱が逃げないよう、覆うようにする。

衣服は、ゆったりとしたものを重ね着する。体を締めつける衣服は血行を悪くするおそれがあり、凍傷を招く原因になる。重ね着すると服と服の間に空気の層ができ、それが冷たい空気を遮断する。アウターは

イグルー

イグルーをつくるには、大勢の人の力が必要だ。しばらく一か所に滞在する予定なら、イグルーがいいシェルターになる。イグルーをつくるには、固く踏み固めた雪をブロック状に切り取る。それを円形に並べ、らせん状になるようにブロックの上部を斜めに削りながら積み上げていく。さらにブロックの層を積み上げ、最後に小さめのブロックで屋根をつくる。

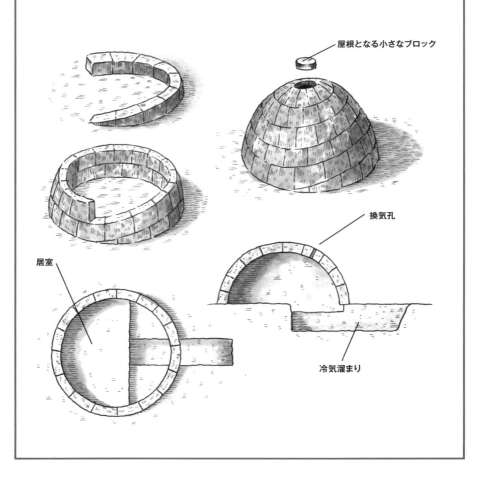

屋根となる小さなブロック
換気孔
冷気溜まり
居室

温かくなりすぎたり、汗をかいたりしないよう、すぐに脱げるものにする。重ね着についての詳細な説明は第6章を参照。

　衣服の保温効果を得るには、衣服を乾燥させておく必要がある。内側の服は汗で濡れることもある。外側の服は撥水加工が施されているものがいいだろう。ブリザードの中では衣類の乾燥を保つのは難しい。したがって、温かなシェルターに入る前に余分な雪を払い落とすようにしよう。湿った靴下やミトンは、着ている衣類の間に入れて、体温で乾かすことができる。シェルターの中なら、熱源の近くに衣類を置いて乾燥させることもできる。熱源に手をかざしてみて熱すぎるようなら、その熱源は衣服にも熱すぎる。手で衣服を持っていても熱くないところまで火から離したほうがいい。

　衣服は清潔に保つ必要がある。これは衛生面からだけではなく、効率的な保温効果の面からも重要である。汚れた衣服は、きれいな衣服ほど断熱効果がない。

　また、暑くなりすぎないように気をつける。体を温めすぎたときに発生する汗が、衣服を湿らせ、断熱効果を低下させる。蒸発する汗も体を冷やす。一枚脱いで、体を温めすぎないようにしよう。手っ取り早く余分な体の熱を放出するには、頭を覆っているものを一時的に取り、スカーフや上着の首まわりをゆるめるといいだろう。

寝袋

　寒い気候では、ダウンが詰まった分厚い寝袋を使う。寝袋の効果的な保温のためには、ダウンは乾いていないといけない。寝袋は防水カバーの中に入れよう。裏地を木綿にすると、体と寝袋の間に断熱層ができる。寝袋の下に防水のキャンプ用パッドを敷いて、冷たく湿った地面から寝袋を保護する。

雪のシェルター

　寒い場所で暖かく過ごして生き残りたければ、とにかく風から逃れること。シェルターをつくるときには換気に気をつける。雪のシェルターの中では、コンロやランプをつけたまま眠らない。シェルターは閉じた空間なので、一酸化炭素中毒になる可能性がある。

立ち木を使った雪洞

　木の根元の雪を掘り、その雪をぐるりと盛って風をよける壁をつくる。暖を取るために火をおこすときは、上に覆いかぶさっている木の枝の雪が溶けないようにする、もしくは枝の下で火をおこさない。

イグルー

　雪用ノコギリや大きなナイフを使って、硬い雪をブロック状に切り取る。ブロックの大きさは幅1m、高さ40cm、奥行き20cmにする。まず、掘った穴のまわりに円形にブロックを積む。次に、ブロックが少しずつらせん状に積み上がるように、ブロックの上部を斜めに削る。さらにらせん状にブロックを積み上げていき、壁をつくる。ブロックは上段に積むものを少し内側に置き、ドーム型に積み上げる。壁の下にトンネルを掘る。このトンネルは地下にあるため、冷た

雪洞

吹きだまりのうち雪が硬くしまったものをくりぬき、雪洞をつくる。中に入ったら、雪のブロックを使って入口をふさぐ。一酸化炭素中毒を防ぐために、最低1ヵ所壁に換気用の穴をあけておくこと。ロウソクをつければ内部が暖まる。

雪洞内で休むことのできる寝台をつくる。出入口より高い位置につくると、隙間風が吹き込まない。木の葉を上に敷き、雪に直接触れないようにする。掘って外に出るときのために道具は中に入れておく。

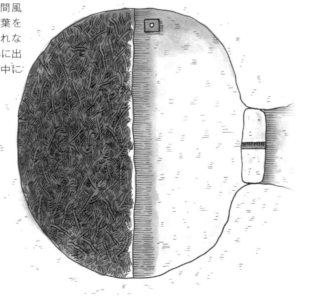

第8章 大雪から身を守る

雪壕

快適に横になれるほど十分に深く、長くて幅広い壕を掘る。断熱のため、木の葉を壕の底面に敷く。切り出した雪のブロックを互いにもたせかけてA型の屋根をつくることもできる。このシェルターは緊急の場合に短時間でつくることができ、風よけになる。

い空気が閉じこめられる。またトンネルは出入口としても使用する。内部の壁に沿って雪のブロックを積んで寝台をつくる。最上部の屋根となるブロックは、あとからナイフで切って内側から穴にぴったりはめ込めるように、穴より大きめに切り取る。天井に換気孔をあける。体温によってイグルーの内部が暖まり、その熱で壁が溶けて再び凍り、隙間のない壁ができる。

雪洞

もしイグルーづくりが無理なら、雪洞がいいだろう。まず、風に吹き寄せられて雪が堆積している大きな吹きだまりを探す。吹きだまりの中をくりぬき、寝台をつくる。

出入口を雪でふさぐ。最後に換気用の穴をひとつかふたつあける。換気孔がふさがらないように気をつける。

雪壕

雪壕は緊急避難用シェルターとして短時間でつくることができる。風が入らないよう十分な深さに掘り、断熱のため木の葉を壕の中に敷く。上に雪のブロックを互いにもたせかけて、A字型の屋根をつくることもできる。

差し掛け小屋

風がほとんどない状況では、差し掛け小屋がもってこいだ。木や木の葉がまわりに

145

差し掛け小屋

まわりに木があるなら、差し掛け小屋をつ
くるための材料をすべて手に入れられる。
長い棟木、何本かの木材、木の葉、縄か
らつくる差し掛け小屋は、ほとんど風がな
い条件ではよいシェルターとなる。

第 8 章　大雪から身を守る

あるなら、簡単なシェルターを差し掛け小屋の形でつくる。長くて真っ直ぐな木を切り、棟木として使う。棟木には、自分の身長より 60cm 以上高い木を使う。小枝はすべて取り払う。さらに 2 本、胸の高さの木を切り、一方の端を結わえて A の字の形にする。これが差し掛け小屋の一方の端となる。棟木の一本の端は A 字型の支えに、もう一方は木の幹に結びつける。さらに 6 本ほどの木を、地面に対して 45 度で棟木に立てかけるのに十分な長さに切る。若木や大枝、木の葉を幾層も重ねて屋根を葺く。

寒冷障害

　低体温症、凍傷、浸水足、脱水症は、寒冷な環境にさらされることによって発生する危険な症状である。これらの予防法、症状、対処法については第 6 章を参照。

　大雪の際のもうひとつの危険な健康被害は、雪眼炎だ。雪眼炎にかかると、一時的に瞳孔を閉じることができなくなる。雪から反射された紫外線を受けることで、一時的な失明、目の充血、光過敏、ひどい頭痛、目の違和感や痛みといった症状が現れる。治療しなければ目に障害が残る。症状が治まるまで目に包帯を巻き、明るい光を避けるようにしよう。

　雪眼炎を予防するには、サングラスかスキー用ゴーグルを使用する。保護具をなくした場合は、さまざまな材料から即席でつくることもできる。厚紙か樹皮に細かい切り込みを入れ、サングラスとしてかける。緊急の際には、黒いネガフィルムもサングラスとして用いることができる。炭やすすを目

147

雪崩の種類

ウェットスラブには、春の雪解け水や雨の交じった雪が含まれる。このタイプの雪崩は、動きは遅いが破壊力が大きく、通り道にあるものすべてを破壊する。ハードスラブはウェットスラブよりも動きが速い。風によって押し固められた古い雪の層が巨大なかたまりとなって滑り落ちる。ソフトスラブはもっとも動きが速く、パウダー状の雪が雲のように舞い上がりながら一気に斜面を滑り落ちる。

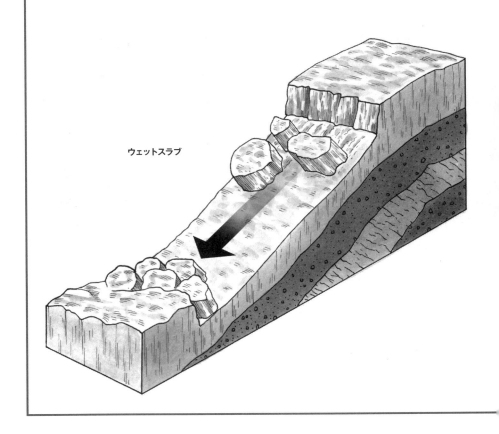

第8章　大雪から身を守る

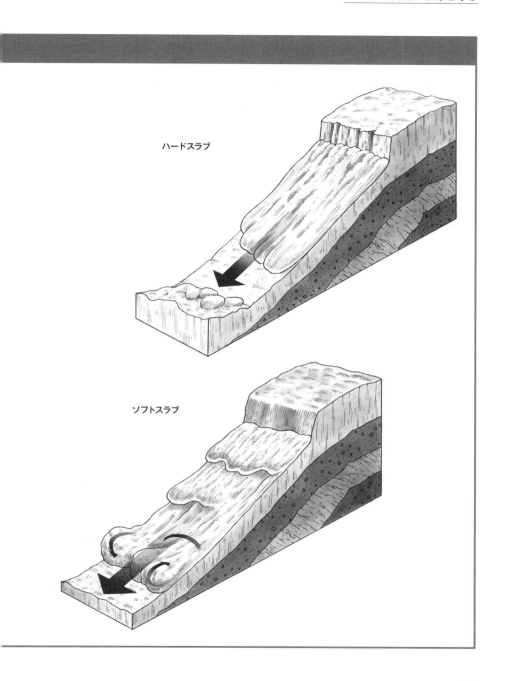

149

の下に塗ってもまぶしさを抑えることができる。

雪の上を移動する
- ブリザードの間は外に出ない。
- 深い雪の中を移動するときは雪靴を使う。深い雪の中を歩き回ると極度に疲労し、浸水足になるおそれがある。
- 何人かで雪の深い場所を歩くときは、1列縦隊で歩き、互いに手の届く範囲にいるようにする。こうして歩けば、メンバーが迷子にならずにすむ。
- ピッケルを使い、見えない穴や割れ目を探るようにしよう。

雪の中の運転
- 出発前にエンジンをかけ、ヒーターとデフロスターを入れる。
- ワイパーでなくスクレーパーを使って、フロントガラスの氷や雪を取り除く。
- 車から雪を払う。
- タイヤにくっついている雪を取り除く。運転中に車体とタイヤの間から凍った雪のかたまりが落ちると危険だ。
- タイヤがスリップしないようにそっと加速する。
- 運転中は常にシートベルトを着用する。
- 速度を落とし、車間距離をいつもの3倍にする。
- 車線変更や交差点では、十分に注意を払う。
- 雪かきされた車線を走る。雪かきをしてない畝の部分を避ける。車線を変更しなければならない場合はゆっくりと行う。

雪崩の保護

雪崩を止めることはできないが、雪崩が起きやすい地域では、遮蔽物を置いてその動きを遅らせられる。森林のような自然の障壁を使うにしろ、人工的な障壁を立てておくにしろ、目的は雪崩被害を軽減することである。

第 8 章　大雪から身を守る

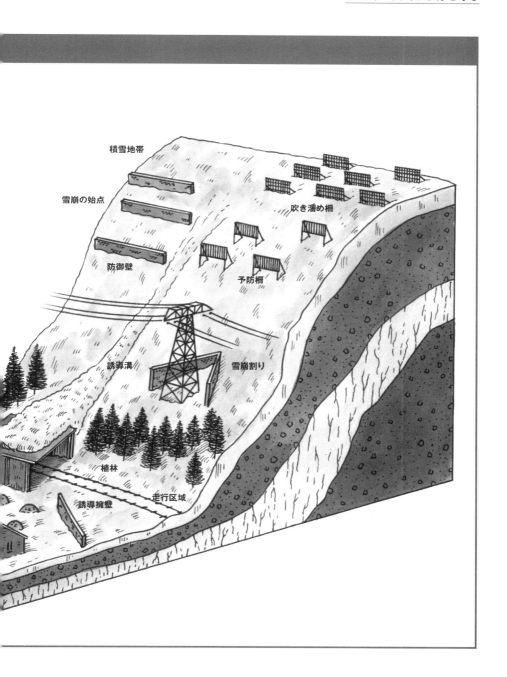

- 運転中はヘッドライトをつけたままにする。そうすると自分の車が相手から見えやすくなる。
- 窓、ミラー、ライトから氷や雪を取り除く。
- アンチロックブレーキの場合は、ブレーキペダルをぎゅっと踏む。ポンピングしない。
- アンチロックブレーキではない場合でブレーキがロックしたときは、ブレーキペダルから足を少し離す。
- 滑りやすい路面でスリップし始めたら、スリップしている方向にハンドルを切る。たとえば、車の後部が左に流れたら、ハンドルを左に切る。
- タイヤを空回りさせない。タイヤが熱くなって雪が溶け、タイヤと雪の間に滑りやすい水の層ができる。
- 冬季気象注意報や大雪（吹雪）注意報が出ているときにやむをえず運転する場合は、なるべく日中の明るい時間帯に大きな通りを走り、誰かと一緒に車に乗るようにする。また、自分が通る道を誰かに知らせておく。
- 大雪（吹雪）警報が出ているときには、車の運転を避ける。
- 運転中にブリザードに見舞われた場合は、すぐに運転をやめる。車を道路脇に寄せて止め、ハザードランプを点滅させる。
- ガソリンを満タンにしておく。こうしておけば、燃料タンクに氷が張らず、燃料の供給経路にも氷がつまらない。
- 最新の道路状況をラジオで確認する。

雪崩から身を守る

雪崩に襲われたら、泳ぐようにして雪の上に出て、流れの端に行くようにする。動きが止まると、雪はすぐに硬くなる。雪崩がゆっくりになったと感じたら、腕と足でまわりの雪を押しのけ、呼吸のできる空間をつくる。

雪崩

　毎年、何千件という雪崩が発生しており、そのほとんどが人間の活動によって引き起こされている。雪崩は、大きな雪の層が緩み、下に崩れ落ちることで生じる。その要因としては、急な斜面、積雪、積雪内の弱層、スキーヤーやスノーボーダーの滑降による刺激が挙げられる。

第 8 章　大雪から身を守る

おもな 3 つの雪崩の種類
ウェットスラブ
　気温が上がって積雪の強度が低下すると、斜面の雪が不安定になり、雪崩が発生する。このタイプの雪崩層には、通常、雨交じりの雪が含まれる。雪は広がりながらゆっくりと山を滑り落ちる。雪崩の速度は時速 30km ほどだが、雪が重いため破壊力は大きく、木を根こそぎ倒し、巨礫を巻き込んで、通り道にあるものをつぶしていく。雪崩が止まると雪がコンクリートのように固まるので、雪に埋もれた被害者は身動きが不可能になり、呼吸できなくなる。

ハードスラブ
　最も一般的なタイプの雪崩。雪崩層は風によって押し固められた古い雪でできている。いちばん上の層が崩れ、大きな岩のよ

153

のろしの土台

溶けた雪が火を消さないよう、積雪地域ではのろしの下に土台をつくる必要がある。土台には生の丸太を使う。まず、数本の丸太を横に並べる。その上に直角になるように丸太を並べる。この土台の上に火をおこす。

うに硬いかたまりが時速50～80kmで斜面を崩れ落ちる。

ソフトスラブ
　泡雪崩（パウダー・アバランチ）とも言う。雪の層が崩れ、斜面を濃い雲のように突進する。時速400kmで滑り落ち、通り道にあるものをことごとく破壊する。

雪崩から身を守る

● 雪崩より速く走ることはできない。遮蔽物が利用できるなら、シェルターとして使う。
● 雪崩に巻き込まれたら、積雪の表面か流れの端まで泳いで進むようにする。
● 雪の動きがゆっくりになったら、両手と両脚を使ってまわりの雪を押しのけ、雪の中に空気の入る空間をつくる。
● じっとして、周囲に明るい光が見つからないか確認する。もし見つかったら、雪崩の表面が近くにあって、雪の中から脱出できるかもしれない。
● 口から唾液を垂らして、どの方向が上かを見極める。唾液は下に流れるので、その反対方向が出口ということになる。
● 雪崩から脱出できる確率は50%であることを頭に入れておく。
● ビーコンを携帯していれば、雪中に埋まったときに見つけてもらえる可能性は80%。

第 8 章 大雪から身を守る

●大きな声で助けを求めるのは、救助隊の声がすぐ近くで聞こえた場合だけにする。雪で音が弱められて、大きな声を出しても遠くまで聞こえないからだ。
●誰かが雪崩に巻き込まれるのを目撃したら、できるだけその動きを目で追う。雪崩の動きが止まったら、埋没している可能性が高い場所を見極める。雪崩がまだ動いているときに、救助しようと流れの中に入らない。雪崩が止まるまで待つ。
●斜面に入る前に、常にその地域の雪崩の状況を確認する。

生還者の話

2001年、スノーボーダーのルーク・エドガーは、友人のゴリオと一緒にワシントン州にあるレーニア山にスノーボードに出かけ、雪崩に巻き込まれた。無事脱出することができたエドガーは、そのときの様子を以下のように語っている。

何もかも一瞬の出来事だったのですが、同時に、スローモーションで動いているようにも感じました。僕は足からボードを外す紐を引っ張ろうとも、荷物を降ろそうともしませんでした。雪崩の訓練では、両方とも足かせになるから捨てろと言われていたのですが。そうこうするうちに、今度は幅6m、高さがいちばん深いところで1mほどの第2波がやって来て、後ろから一気に僕を襲いました。ゴリオが僕を見たのは、そのときが最後となりました。

僕は12m以上うつぶせになって雪の中を流されていきました。遠くまで流される

衣服を使って信号を送る

シャツからでも信号旗がつくれる。木をT型に組んで、その上にシャツをかけるのだ。背景は雪なので、明るい色のシャツを選ぶと目立つ。即席でつくったこの信号旗は、まわりに何もない見つかりやすい場所に置いておくとよい。救助機に向かって振るのにも使える。

んだろうか、この先どうなるのだろうと不安でした。でも、このときはまだ自分は雪崩に巻き込まれて雪の中にいるんだと冷静に考えられるほど落ち着いていました。ボードに手を伸ばし、紐を引っ張ろうとしましたが、手が届きませんでした。いつの間にか雪崩は止まっていて、右手を顔の前に、左手はそれより25cmほど離れたところにもってくるのがやっとだったんです。

ゴーグルはまだつけていて、光が見えました。体を動かそうとしましたが、雪はコ

ンクリートのように硬くなっていました。ボードが雪に引っかかっていて体と荷物が下に引っ張られ、体はこれ以上無理というほど引き伸ばされていました。顔は下を向いていて、頭は足よりずっと下にありました。どちらが上かはわかっていました。

ふと、ゴリオがトランシーバーを持っていなかったことを思い出しました……ゴリオはプローブを持っていただろうか？　確かシャベルは持っていたけれど、いま自分が埋まっているのはどれくらいの深さなんだろう？　経験から、雪崩が止まるとコンクリートのように硬くなることや、雪に埋まっている人を救い出すときは、30cm深くなるごとに無事に救い出せる可能性がぐんと下がることを知っていました……もしゴリオがプローブを持ってなかったら、いや、そんなことはない。持っているはずだ。僕たちは孤立無援でした。誰も僕たちのことを見ていなかったし、助けを呼ぶ時間もありませんでした。残された時間は15分。ゴリオだけが頼りです……もう一度雪をかき分けて、左手を顔の近くまで持っていこうとしました。ところが、小さなエアポケットや口に雪が入ってきてしまい、これまで以上にパニックになっただけでした。

家族のことしか考えられなくなりました……僕はもう一度ゴリオに声をかけようとしましたが、息で溶けた雪が顔のまわりで凍り始め、酸素の量がしだいに減ってきました。そのとき聞こえたんです。小さな声が、3mか、もっと離れたところから。

「ルーク、ルーク」

それからほんの10秒ほどして、いや、1分だったかもしれません、どれくらいの時間が経ったのかはわかりませんが、ゴリオが僕の顔のまわりの雪を取り除いてくれたのです。息を弾ませながら叫びました。「君のおかげで助かったよ、君のおかげで助かったよ！」覚えているのは、うれしさのあまり興奮して、君のおかげで助かったとゴリオに言っていたことだけです。僕たちはまだとても危険な場所にいたので、ゴリオは一刻も早く僕を雪の中から救い出そうとしていました。ボードを捜し出し、脚から取り外すのに1分かかりました。そのとき、ゴリオがうっかり僕の顔に雪をぶつけ、息ができなくなりました。「ゴリオ、ゴリオ、顔！」と叫びました。腕と頭はまだ雪の中に埋まったままで、自分では何もできないふがいなさに、打ちのめされていました。

不思議なことに、ゴーグルは曇っていませんでした。たぶん前日の夜に内側と外側に塗った曇り止めが役に立ったのだと思います。

酸素不足で頭がズキズキしていて、もう何をする力も残っていませんでした。それでも、雪崩がまた押し寄せてきて巻き込まれるかもしれないという思いや、もうだめかと思ったのにまた家族に再会できるという思いに奮い立ち、何とかそこから這い出すことができたのです。

信号

雪深い中で困った状況に陥った際に、救助隊に自分の居場所を知らせるために、

第 8 章　大雪から身を守る

信号を送る

あなたの姿が見えると思われるほど航空機が近づいてきたら、体を使って信号を送る。

航空機の合図

あなたを見つけたとき、救助機のパイロットは機体を操作したりライトを点滅したりする。パイロットが円を描くように飛ぶか、赤いライトを点滅させれば、あなたのメッセージは見たものの理解できなかったという意味になる。パイロットが左右に翼を揺らすか緑のライトを点滅させれば、あなたの信号を受信し、理解したという意味になる。

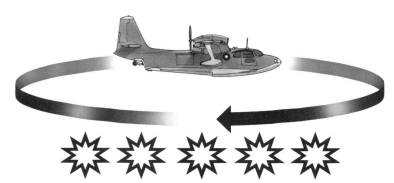

信号灯の赤いライトが点滅した場合――メッセージを受け取ったが、理解できなかった。

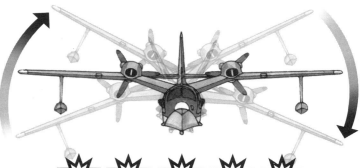

信号灯の緑のライトが点滅した場合――メッセージを受け取り、理解した。

第8章　大雪から身を守る

のろしを上げることが必要になるときもある。のろしは雪を背景にして目立つものでないといけない。動くものも救助隊の目をとらえるのに役立つ。

火

火ののろしは夜間効果的だが、火の管理や風からの防御が必要になる。溶ける雪で火が消えてしまわないように、枝で土台をつくってから火をおこす。

煙

日中、白い雪をバックにした黒い煙は目立つ。ゴムか油に浸した布切れを火に入れると、煙が黒くなる。風が強すぎる日には、煙が散らされるので、のろしとしては効果的ではない。

衣服

明るい色の服や布地も、雪の上で目立つ。Ｔ型に木を組み合わせ、その上に明るい色のシャツをかけるだけでも、即席でつくった遭難信号旗になる。

自然の素材

岩、枝、ブラシ、雪も、救助の信号として使える。たとえば、文字や記号の形に雪を踏みつけ、その上に色の黒い小枝などを置いておくのもひとつの方法だ。

また、もしパイロットからあなたの姿が見えると思われるほど航空機が近づいてきたら、体を使って信号を送ればよい。パイロットが機体を揺らせば、あなたの信号を受信し、メッセージを理解したということだ。

合図を見たものの理解できなかったという場合は、パイロットは円を描くように飛ぶ。パイロットから、あなたのメッセージは受け取った、理解したと合図があれば、そのメッセージはもう送らなくていい。そのときは体を使って追加のメッセージをパイロットに送ってもいいだろう。

寒い環境での睡眠

寒い環境では、12時間睡眠を取る必要を感じるだろう。これは自然なことで、エネルギーを浪費しないひとつの方法である。以下のことを頭に入れておこう。

- ●近くに火をおこすための燃料をたくさん準備しておく。
- ●シェルターに隙間風が入らないか確認する。
- ●あなたが寝ている間に救助隊が来る場合もあるので、あなたの居場所を知らせる信号を常に置いておく。
- ●体と地面の間に断熱材を敷く。
- ●寝る直前にたっぷり食事を取る。
- ●余分に着こんで寝るようにする。
- ●衣服が濡れていたら、脱いで寒いところに置き、凍らせる。凍ったら、氷が折れるまで叩くことで氷が取り除かれる。これで衣服が乾燥する。
- ●眠れないときは翌日の計画を立てる。

第9章 海や山での遭難とサバイバル術

| 第9章 | 海や山での遭難と
サバイバル術 |

海や山の天気は不安定で、常に危険をはらんでいる。
そのような過酷な環境で生き残るためには、
何より準備が欠かせない。険しい山地を安全に越える、
あるいは漂流しているときに最低限の必需品を
そろえるには、特殊なサバイバル術が必要になる。

あなたが遭遇する過酷な環境の中でも、最も厳しいものといえば、大海原や山だろう。海や山で生き残りたければ、極端な気温、風、波、危険な領域に対して抜かりのない準備が必要になる。

海で

緊急用備品

飛行機や船に搭乗したときには、救命用具や非常用機器がどこにあるのか確認しておこう。格納場所を知っているか否かで、生死が分かれることもある。

◉救命いかだ、または救命ボート——通常ゴムや丈夫なキャンバス地でつくられ、着水時に膨らむ。手すりがたくさんついていて、つくり付けの天蓋を持っているものがよい。

◉照明弾——手で操作できる。煙を吹き上げたり、パラシュート照明弾で周囲を照射したりすることで、救助者から発見されやすくなる。

◉ストロボ——救命いかだや救命胴衣に付けることもでき、夜間に簡単に見つけてもらえる。

◉紐——丈夫なビニールの紐は、あると重宝する。さまざまな状況で役立つ。

◉海錨——漂流しないために使用する。

◉防水容器——食料、防水マッチ、照明弾、地図を入れるために使う。

161

◉ギャフと魚網——海で魚を捕まえるときの必需品。いかだを傷つけたり、自分が怪我したりしないように、使用していないときにはギャフの先端をコルクに差しておく。

水の中で

水中で生き残るには——

◉救命ゴムボートに乗っていれば生存できる可能性が高まる。
◉救命いかだに乗らずに水中にいる場合、生存できる時間は水温によって異なる。
◉暖かな水中にいる場合、生存できる可能性は高くなるが、熱帯の海には危険な生き物が潜んでいる。

これ以上船に残っていては危険というときまで、船から降りてはいけない。損傷した船でもシェルターとして機能し、サバイバルに必要な物資も備わっている。小さな救命ゴムボートにいるよりも大きな船にいる

ほうが、救助者から見つけてもらいやすい。

水中に飛び込む

状況が許す限り、高い場所から水中には飛び込まない。なるべく低い場所から水中に入る。飛び込む以外に選択の余地がない場合は、まず、飛び込もうとしている場所に人がいないか、障害物がないかを確認する。救命胴衣がしっかりと体に固定されているか確かめる。この時点では膨らませない。飛び込むときは、背中をまっすぐにし、体を垂直にする。腕を組んで足を交差させる。片方の手で口を覆い、鼻をつまんで閉じる。目を閉じて、なるべく低い場所から飛び込む。

水に入ったら、救命胴衣を膨らませる。それから救命いかだまで泳ぐ、またはしがみつくための大きな浮遊物を探す。しがみつけるような物が何もなければ、力を抜いて体を浮かせる。人の体は塩水に浮く。

乗っていた飛行機が海に墜落したときは、機体の近くに留まる。ただし、安全な

海上における人間の生存時間

水温（℃）	極度の疲労状態／意識不明	生存可能時間
0.3	15 分	15 ～ 45 分
0.3 ～ 4.4	15 ～ 30 分	30 ～ 90 分
4.4 ～ 10	30 ～ 60 分	1 ～ 3 時間
10 ～ 15.6	1 ～ 2 時間	1 ～ 6 時間
15.6 ～ 21.1	2 ～ 7 時間	2 ～ 40 時間
21.1 ～ 26.7	3 ～ 12 時間	3 時間以上
26.7	期限なし	期限なし

第9章　海や山での遭難とサバイバル術

距離は保つようにする。機体が沈むときにできる渦に巻き込まれないようにするためだ。燃料や油が水面に浮かんでいる場合は、そこから離れる。あなたの近くで油や燃料が燃えているなら、救命胴衣は膨らませない。まずは可能な限り水中に潜って泳ぎ、その場から離れる。息継ぎのために水面に顔を出すときは、手で大きく弧を描くようにして、水面の燃えている物を払う。

安全な場所にたどり着くまでこれを繰り返す。その後、救命胴衣を膨らませる。

救命具をつくる

救命具は、どんなに泳ぎがうまい人でも必要だ。装着することで頭部が水上に保たれ、楽に呼吸することができ、水中でも体の熱を奪われない。

救命胴衣がない場合は、ズボンでつくる

熱放出低減姿勢（HELP）

冷たい水中で浮いているときは、体の熱をなるべく奪われないようにすることが大切だ。深部体温を下げないように、腕を胸の前で組み、膝を胸に引き寄せる姿勢を取る。この姿勢は熱放出低減姿勢（HELP）と呼ばれる。

163

体の熱が奪われる場所

体の熱が奪われないよう、靴や服は着たままにし、頭と肩は水の上に出すようにする。熱放出低減姿勢（HELP）を取れば、体の熱を保つのに役立つ。

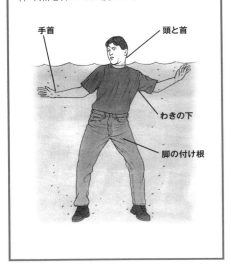

手首／頭と首／わきの下／脚の付け根

水中での浮き方

こともできる。まず、ズボンの裾同士を結ぶ。立ち泳ぎをしながら、歯を使って結び目を固く締める。ズボンの腰のあたりをつかみ、頭上から前方に向かってズボンを叩きつけ、中にできるだけたくさん空気を入れる。ズボンの股の間に頭を入れ、空気が抜けないように、ズボンの腰のあたりを押さえる。必要に応じてズボンを頭から外して、空気を入れる。

冷たい水の中でのサバイバル
　泳ぐと貴重な体熱が奪われるので、無理に泳ごうとせず、じっと浮いて待つ。救命

胴衣がなければ、まわりの浮遊物を集め、胸のところで持つ。体の熱は、頭、首、手首、脚の付け根、わきの下から逃げる。靴も含めて、衣服は着たままにしておく。そのほうが、保温効果がある。さらに腕を組んで膝を胸に引き寄せ、両足を組む姿勢（熱放出低減姿勢［HELP］）を取り、体の熱をなるべく奪われないようにする。こうすることで腹部の熱が奪われにくくなり、深部体温の

第9章　海や山での遭難とサバイバル術

人体は水面すれすれで自然に浮く。体の力を抜き、立ち泳ぎする。両手を下向きにかきながら水中で息を吐き、水面に頭を出す。息を全部吐いたら、深く息を吸う。息を止め、顔を水につけて体の力を抜き、脚を伸ばして浮かすようにする。息が苦しくなったら、また水中で息を吐き、同じことを繰り返す。

維持に役立つ。熱放出低減姿勢を取ることで最大 50％、生存時間が長くなる。

　誰かと一緒にいるなら、身を寄せ合って互いに温め合う。子供は真ん中の位置にくるようにする。誰も眠らないように気をつける。睡魔と戦い、警戒を怠らず救助隊を見逃さないようにする。

救命いかだ

　救命いかだは、膨張させたときに上下逆さまになることがある。そういうときにいかだを元に戻せるように、いかだにはロープがついている。波の高い水中でいかだを元に戻すには、次のようにする必要がある。

● まず、いかだの横の、ロープがついているところに移動する。

165

ズボンでつくる簡易浮き輪

ズボンの裾同士を結び、立ち泳ぎをしながら、歯を使って結び目を固く締める。頭上からズボンを叩きつけ、中に空気を入れる。ズボンの股の間に頭を入れ、空気が抜けないように水中でズボンの腰の部分を押さえる。ズボンの空気が少なくなってきたら、同じようにしてまた空気を入れる。

第9章 海や山での遭難とサバイバル術

- いかだの端でひざまずき、上体を真っ直ぐに起こす。
- ロープを引きながら後ろに下がっていき、端まで来たら立ち上がる。
- いかだの端に足をそろえて立ち、うしろを向いたまま水中に倒れ込む。
- いかだの反対側が持ち上がっても、いかだが元の位置に戻るまでロープから手を離さない。いかだがかたまって浮いているほうが救助隊に見つけてもらいやすいので、その場にいかだが何艘もあるときはロープでつないでおく。また、救命索は結んで垂らしておく。垂らしておけば目立つので、救助隊が生存者を捜しやすくなる。漂流しないように海錨はすぐに降ろしておく。運が良ければ海は比較的穏やかだろう。

飲料水

過酷な状況で何より大切なことは、体内の水分が奪われないようにすること、水を調達することである。救命いかだに蒸留器がある場合は、いかだに乗ったらすぐに準備を始めよう。また、たとえ蒸留器がなくても、シートをいかだに広げることで雨水を貯めることができる。天蓋のようにシートを広げて端を折り曲げ、一晩そのままにしておけば夜露が集まる。

- 海水は飲まない。腎不全になるおそれがある。
- アルコールは飲まない。脱水症がひどくなるおそれがある。

身を寄せ合う

冷たい水中では、身を寄せ合ってお互い温め合うようにする。何人かでいたほうが、ひとりでいるより救助隊に見つけてもらえる可能性が高まる。可能なら、胸と胸をくっつけるようにしよう。小さな子供は、人と人で挟むようにする。大切なのは、誰も眠らないようにすること。

食料

海では、水は食料以上に優先度が高い。食事を取ると、消化の過程でその貴重な水分が失われる。とはいえ、海には魚が豊富なので、釣りをすることで単調な漂流生活の気晴らしにもなることもある。ただし、釣りをするときは釣り具に気をつける。釣り針でけがをしたり、いかだに穴を開けたり、釣り糸で手やいかだを傷つけたりすることもある。また、サメがいる場所では釣りはしない。海上では魚の内臓がサメを引きつけることも覚えておこう。

浮かんでいる海草は食用になるが、緩下剤効果がある。食べる場合は、脱水症にならないようにほんの少量にしよう。

波高

階級	風速（ノット）	風速（km/h）	海事用語	波高（m）
0	1 未満	1 未満	静穏	0
1	1～3	1～5	なめらか	0.3 未満
2	4～6	6～11	やや波がある	0.3～0.9
3	7～10	12～19	かなり波がある	0.9～1.5
4	11～16	20～28	波がやや高い	1.5～2.4
5	17～21	29～38	波がやや高い	1.5～2.4
6	22～27	39～49	波がやや高い	1.5～2.4
7	28～33	50～61	波がかなり高い	2.4～3.7
8	34～40	62～74	波がかなり高い	2.4～3.7
9	41～47	75～88	相当荒れている	3.7～6.1
10	48～55	89～102	非常に荒れている	6.1～12.2
11	56～63	103～117	猛烈にしける	12.2 以上
12	64 以上	118 以上	異常な状態	

海上での病気

漂流するだけでもつらいものだが、漂流中はそれに加えてさまざまな病気にかかりやすくなる。

船酔い

救命いかだの揺れによって起き、吐き気や嘔吐といった症状が現れる。体内の水分が奪われ、極度の疲労に至り、生きる気力が失われることもある。吐瀉物はサメを引きつけ、他の人の嘔吐を誘発する。船酔いした人が嘔吐した場合は、いかだから嘔吐物を洗い流すようにする。また、船酔いした人には、吐き気が治まるまで何も食べさせないようにし、横にして休ませる。酔い止めがあれば飲ませる。水平線を見つめると気分がましになることもある。

海水負け

海水に長く浸かっていると、体に発疹が出たり、化膿したりする。皮膚に少しでも傷があると、そこに膿がたまる。傷から膿を絞り出し、手に入るならきれいな水で患部を洗い、応急処置キットの消毒液で消毒する。海水負けは、雨水で体や服を洗ったりすることとで防げる。海水で衣服を濡ら

すと体は涼しくなるが、海水負けが悪化するおそれもある。

脱水症

太陽に長時間さらされて水分摂取量が減少すると、脱水症状を引き起こすことがある。嘔吐、下痢、発汗により脱水症状はさらに悪化する。脱水症に陥らないよう、定期的に水を飲み、直射日光を避け、激しい運動をしないようにする。

日焼け

太陽光は、上から降り注ぐだけでなく、水からも反射する。海上ではある程度の日焼けは仕方がないが、できるだけ日焼けしないように気をつける。日焼け止めをたっぷりと塗り、できるだけ肌を覆う。日焼け止めは、耳の後ろやまぶたにも忘れずに塗る。

低体温症

冷たい水に長時間浸かっていると、低体温症になるおそれがある。水中で浮いている場合は、熱放出低減姿勢を取って体温が

上下逆さまになった救命いかだを元に戻す

救命いかだは、膨張させたときに上下逆さまになることがよくある。そういうときはロープを使っていかだを元に戻す。まず、いかだの端にひざまずき、上体を真っ直ぐにする。ロープを引きながら後ろに下がり、いかだの端まで来たら立ち上がる。いかだの端に足をそろえて立ち、後ろ向きに水中に倒れ込むと、いかだの反対側が持ち上がる。水中に倒れ込むときもロープをしっかりと持って手を離さないようにする。そうすれば、上下逆さまになっていたいかだが元に戻る。

第9章　海や山での遭難とサバイバル術

下がらないようにする。救命いかだの中では、他の人と身を寄せ合うか、非常用のアルミ箔の毛布を体に巻き付けて体を温める。

海の生き物

　温かな水中にいる場合、生存できる可能性は冷たい海の中にいるよりもずっと高まる。ただし、熱帯の海には、鋭い刺や針を持っていたり、噛みついたりする生物がたくさんいる。よく知らない魚に出会った場合は慎重に扱うようにしよう。刺のある魚やフグの仲間は、食べたり触れたりしてはいけない。

　もし刺された場合は、刺された箇所より心臓に近い部分をきつく縛る。10分ほどで外してもいい。レモン汁や酢など、弱酸性のものを傷の周辺に塗ると毒が中和される。皮膚に刺さった触手や棘を取り除くときは、素手ではなくピンセットを使う。

サメ

　ほとんどのサメは攻撃的ではなく、人を襲うものは少ない。だが、彼らは水中で何か変わったものを見つけると、それがなん

なのかを調べようとする。サメが調べている間、あなたが落ち着いてじっとしていれば、あなたのことをいつも食べている餌ではないと判断して、おそらく離れていくだろう。サメは水中の血の臭いに引きつけられ、攻撃してくる。だから、怖がらせて追い払おうとサメを銃で撃ったり傷つけたりしないようにする。サメが流した血がさらに多くの仲間を引き寄せることになる。

- 騒ぎ立てたり、水しぶきを上げたりしない。サメは水の中を伝わる振動にとても敏感。
- サメ撃退剤を持っていれば使用し、撃退剤で色のついた水面にとどまるようにする。
- 時計やキラキラした宝石は外す。それらは、サメには小さな魚に見える。
- サメは尿の匂いに引き寄せられるので、放尿は一気にしない。少しずつ行い、尿が拡散してから再び放尿する。
- 吐き気を催した場合は、自分の手の中にし、できる限り遠くに放り投げる。
- いかだに乗っている場合は、いかだから腕や足が出ないようにし、水の中に入らない。
- サメが実際に攻撃してきた場合は、サメを蹴り、目やえらを叩く。そうすれば、サメは攻撃する意志を失うかもしれない。

生還者の話

アメリカの造船技師のスティーヴン・キャラハンは、大西洋横断中、乗船していたヨット、ナポレオン・ソロ号が転覆したため、

ラバー・ダッキー3世と命名した救命いかだで76日間も漂流することになった。70日以上にわたる苦しい漂流生活。壊れた太陽熱蒸留装置の代わりに即席の雨水集水装置をつくったときの様子を、キャラハンは次のように書いている。

私はこの2か月半の間、ある日課をずっと続けてきた。夜、目が覚めるたびにあたりを見渡す。昼間は30分ごとに立ち上がって水平線を360度注意深く見渡すのだ。これまでこの日課を2000回以上行ってきた。だからもう、直感的に波がどのような動きをするのかわかっていた。波の動きひとつで、90m先、場合によってはほぼ800m先まではっきりと見えるようになることも。その日の正午ごろ、1艘の貨物船が私のいる場所よりやや北寄り、いかだのうしろのほうからやって来た。昼間の明るい陽射しの中では、照明弾はほとんど見えないだろうと思った私は、オレンジ色の煙が出る発煙弾を焚くことにした。濃いオレンジ色のランプの魔神が、腕を広げて水面すれすれを風下に向かって飛んでいく。煙は風に吹かれて30mも行かないうちに散らされ、混雑したパブで渦巻く煙よりも薄ぼんやりとした霞となってあたりにたなびいた。貨物船は3〜4kmにわたって大西洋を横に切り裂き、滑るように西へと離れていった。島の港に向かうのだろう。

その日の残りと4月19日の午前中は、ずっと手の込んだ雨水集水装置をつくるのに忙しかった。レーダー反射器に使われていたアルミ管と、壊れた太陽熱蒸留装置を

第9章　海や山での遭難とサバイバル術

使って、天蓋のアーチ型の支柱の上にシートを固定し、ラバー・ダッキーを雨水を集める装置に変えるのだ。半円形になったアルミ管を使ってシートを傘のように開いて船尾に向けると、ロープを使ってシートの角度を風に対してほぼ垂直になるようにし、シートが風をはらんでバッグのように開くようにした。最後に、集めた水の取水口と管をはめ込んで、容器に雨水が溜まるようにする。もちろん、これだけではなく他の集水器でも雨水を集めていた。

何時間もの間、白くてふわふわした積雲が水平線から現れ、ゆっくりと頭の上を通りすぎていくのを見ていた。雲はときおり、かたまって大きな群れとなり、長い列をなして流れていく。大西洋の上で十分に育まれてきたこれらの雲は、もくもくと元気いっぱいに成長し、縦に大きく伸びて渦を巻きながら、徐々にその下腹部を黒く平らにしていく。やがて、それ以上我慢できなくなった雲から雷をともなった強い雨が降り出し、黒い筋となって海面を打ちつけた。私はシイラの干物をかじりながら、完成したばかりの雨水集水器を試す機会を

海上で使われるビューフォート風力階級

風力階級	相当風速（m/s）	名称	海上の様子
0	0〜0.2	平穏	水面は鏡のように滑らか。
1	0.3〜1.5	至軽風	うろこのようなさざ波ができるが、波頭に泡はない。
2	1.6〜3.3	軽風	小波の小さいもの。波頭はガラスのように見え、砕けていない。
3	3.4〜5.4	軟風	小波の大きいもの。波頭は砕け始める。白波がところどころに現れる。
4	5.5〜7.9	和風	小さな波。波長が長くなる。白波が多くなる。
5	8.0〜10.7	疾風	中くらいの波。波長がより長くなり、白波が増える、しぶきを生じることもある。
6	10.8〜13.8	雄風	大きな波が生じる。いたるところで白波が立ち、しぶきが生じることが多くなる。
7	13.9〜17.1	強風	波はますます大きくなり、砕けた波でできた白い泡が筋を引いて吹き流される。
8	17.2〜20.7	疾強風	大波のやや小さいもので、波長がより長くなる。泡ははっきりとした筋を引いて吹き流される。
9	20.8〜24.4	大強風	大波。波が逆巻き始める。泡が濃い筋を引いて吹き流され、しぶきで視程が損なわれる。
10	24.5〜28.4	全強風	非常に高い大波になり、波頭がのしかかるようになる。海面は真っ白になる。
11	28.5〜32.6	暴風	山のような大波。海面は白い泡ですっかり覆われる。
12	32.7以上	颶風	大気は泡で満たされる。海面はしぶきで完全に白くなる。

173

雨陰効果

山では、雨陰と呼ばれる現象が生じる。雨雲が山を越えるときに、風上側で雲が成長して雨が降り、風下側では高度が下がるほど雨雲が薄くなり、雨量は少なくなる。

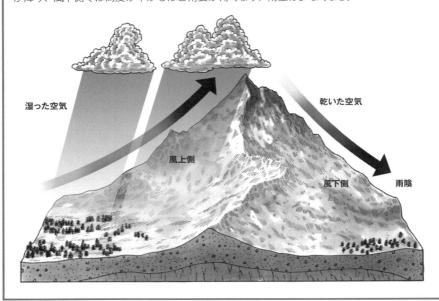

待っていた。

だが、私のいる場所はスコールの通り道から外れていた。ときおり、雲の長い列が近くを通りすぎる。渦を巻いた雲が頭上をかすめ、一瞬小雨がぱらついたように思った。雨水集水器が使えることを確認するには、それで十分だった。2〜3リットル、いや4リットルはいけるだろうと思った。もっとも、土砂降りの雨がやってきさえすればの話だが。単に道具を持っていることと、それを実際に使えることとは違う。私の視線は水平線と空の間をさまよった。いつも何かを待つことに、もううんざりして

いた。

ビューフォート風力階級は、海面の状態に基づいて風速を目測するのに使うことができる。

海上での信号

広大な大海原での救助活動は困難を極め、救助されるまでに時間がかかることも予想される。飛行機や船が見えないときには、使い捨ての信号機材を使用しない。その代わり、助けが見えていないときでも、ヘリオグラフや鏡を使って定期的に水平線をなめるようにしながら信号を送ろう。常

第9章　海や山での遭難とサバイバル術

に周囲に注意を払って忙しくすることで、気も紛れるだろう。

● ストロボを信号に使うことはできるが、使いすぎると電池を消耗させることになるので注意する。
● 夜間、赤のパラシュート照明弾は約11km先からでも確認できる。高さは91mに達する。
● 手持ちの赤の照明弾は、櫂の端に結びつけるか、手に持ってできるだけ高く掲げる。約5km先から確認でき、夜間に使うのが適している。
● 日中は、風がない、または比較的穏やかで視界がよければ、オレンジ色の発煙弾が効果的だ。
● 航空機や船を視界に捉えたら、救命いかだの上に慎重に立ちあがり、腕を振って合図する。
● 白の衝突防止用の照明弾は、ほかの照明弾を使い切ってから使用する。この照明弾は夜間もしくは近距離でしか見えず、通常、海上における衝突防止に使用される。

陸を示すサイン

漂流中は近くに陸地があることを示すサインを見逃さないようにしよう。晴れ渡った空に浮かぶ積雲は陸の上でつくられる雲で、陸が視界に入るかなり前から見えることもある。

動物も、陸の存在を示す手がかりとなる。海鳥の群れは通常、陸から100km以内の海域で見られる。午前中は陸から遠く離れたところを飛び、午後は海岸線に戻る。

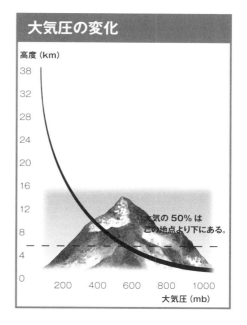

大気圧の変化

アザラシが見つかれば、陸が近いことを意味する。アザラシは陸から遠く離れようとしないからだ。また、深海は色が濃く、岸に近く浅い海は色が薄い。

山で

装備

起伏が多い地形を安全に超えるには、山に入る前にそれなりの装備が必要になる。

● ピッケルは、急な斜面や凍結した場所を歩く際に欠かせない。失くさないようにベルトに固定しておく。
● スキーのストックは、雪や氷の上を歩くときに役立つ。
● 第6章でも述べたように、重ね着をする

175

登り坂の歩き方

登り坂を歩くときは小刻みにリズミカルに歩く。前かがみになり足裏全体を使って着地しバランスを保つ。

第9章　海や山での遭難とサバイバル術

下り坂の歩き方

下りでは少し背をそらせるようにして歩く。下りの方が登りより膝に負担がかかりやすいので、急がずゆっくりと歩くようにしよう。

ことで暖かさを保てる。
- サングラスやゴーグルを着用して、雪眼炎にならないようにする。
- 寝るときは、ダウンの詰まったマミー型寝袋で体を暖かく保つ。
- 寝袋と冷たい地面との間に断熱マットを敷く。

山中でのサバイバル

起伏のある地形では道に迷いやすい。もし山で道に迷ったら——

- 立ちどまって、いまの状況を冷静に分析しよう。ここまでどうやって来たのか完璧にわからないのなら、引き返してはいけない。
- 仲間とはぐれた場合は、その場にとどまる。そのほうが見つけてもらいやすい。
- ときどき（口）笛を吹く、あるいは大きな声を出し、その合間に返事がないかよく耳を澄ませる。
- その場を離れるなら、地面に石を矢印の形に置き、自分がこれから向かう方向がわかるようにする。
- ピッケルやスキーのストックを使って、クレバスが隠れていないか確認する。
- 寒さが厳しい場合や、雨や雪がひどい場合は、洞窟やオーバーハングの下に避難する。救助隊が来たときにあなたがそこにいるとわかるように、はっきりとした目印を残す。
- 風が強いときは、寒いと感じる前に防風・防水ジャケットを着る。
- 雪がひどいときは歩き回らない。

雨陰効果

山は、場所によって天気が大きく異なる。空気のかたまりが山の斜面にぶつかると、上昇して冷えることによって雲が形成され、風上側に雨をもたらす。山を越えた気団は、山の風下側を降下することによって徐々に温度が上昇し、乾燥する。これがいわゆる雨陰効果である。

高山病

主として標高 2400m 以上の高地に移動したとき、高山病になることがある。高地では地上と比べて空気が薄いので、摂取できる酸素が不足することによって引き起こ

マンテリング

両肘をオーバーハングに乗せ、胸を岩につける。肘はそのままにして片方の足首をオーバーハングの上に持ち上げる。オーバーハングの上に膝を乗せ、両手を使って体を引き上げる。

される。

山酔い (AMS)

山酔いになると、頭痛、目まい、倦怠感、吐き気、息切れ、紫の唇、食欲低下、かじかむといった症状が現れる。いちばんの対処法は、水分を大量に補給すること、活動レベルを下げること、数日かけて体を慣らしていくことである。重症の場合は標高900mより低いところまで下りる。

高地肺水腫 (HAPE)

高地での激しい活動や酸素不足によって引き起こされる。症状は山酔いと同じだが、

第9章　海や山での遭難とサバイバル術

高所脳浮腫（HACE）

　標高2500m以上の高地では、酸素が欠乏して脳が膨張することがある。山酔いの症状に加えて、協調運動障害、持続性頭痛が見られる。発症したらただちに低い場所に移動し、酸素を12時間吸入する必要がある。

山歩き

　登り坂を歩くときは大股で歩かない。小刻みにリズミカルに歩く。前かがみになり、足裏全体を使って着地する。下り坂では、少し背をそらせるようにしてゆっくりと歩く。下りは膝に負担がかかりやすいので、ポールやステッキを支えとして使う。

基本の登山テクニック

　本格的なロッククライミングにはトレーニングが欠かせないが、基本の登山テクニックが2～3あれば、障害を乗り越えて安全に下山できる。危機的状況に陥ってから上級の登山テクニックを学習しても仕方がない。浮石、雪原、氷河、雪庇の避け方を覚えておこう。ロープなしに登るときには、常に三点支持を維持する。

　最も簡単で最も安全なルートを探す。常に周囲と上を見渡す。大きな動きをしない。小さな動きで徐々に登ったり下りたりする。何手か先を考え、どこを通るか考える。動けなくなる、あるいは方向を逆転しなければいけない場合を考慮してつかまる場所や足場を探す。慎重に身をかがめ、つま先で立たない。両脚で体重の大半を支える。それ以上行けなくなったら、別の道を試そう。

それに加えて肺に水が溜まって危険な状態に陥ることもあり、安静時にも息切れが続く。症状が出たら標高900mより低いところまで下山し、酸素を吸入する必要がある。回復するのに3～4日かかることもある。

チムニー登り

岩の割れ目に体を入れ、両脚と両手を壁に押しつけて体を支える。片足を後ろの岩に、その足と同じ側の手を前の岩に押しつける。

両脚を上に動かし、背中をずり上げる。

チムニー登りはきつい運動なので、定期的に休憩をと取る必要がある。壁に背中をつけて脚と腕をまっすぐにし、筋肉に回復の時間を与える。

第9章　海や山での遭難とサバイバル術

マンテリング

岩に手をかけて、岩の上に体を引っ張り上げる方法。スイミングプールから体を引っ張り上げるときの動きと似ている。

- 体を持ち上げて、オーバーハングの上に両肘を固定する。
- 胸を岩につけ、片方の肘に体重をかける。
- 片足を持ち上げて、オーバーハングの上に足首を引っかける。
- 両手で押さえながら、オーバーハングの上に膝を乗せる。
- オーバーハングの上に体を持ち上げる。

チムニー登り

　岩と岩の隙間を登ること。ふたつの岩の間の隙間に全身が入れるか確かめよう。登る前に岩の割れ目を見上げて、どのルートを取るか考える必要がある。

- 一方の岩に両手と背中をつけ、もう一方の岩に足をかける。
- 後ろの岩に片足を置き、前の岩にその足と同じ側の手を置く。
- 両脚を支えに背中と臀部を持ち上げる。

　チムニー登りはきつい運動なので、定期的に休憩を取るようにする。休むときは壁に背中をつけ、はじめの姿勢に戻って脚と腕をまっすぐにする。

生きようとする強い意志

　大海原や山で危機的な状況に直面したときには、とりわけ絶望的な気持ちになるかもしれない。海や山ははてしなく広く、そんな中で見つけてもらうのは無理だという気持ちになることもあるだろう。確かに、それは人を怖気づかせるような状況ではあるが、過酷な状況を生き延びた人はたくさんいる。軽率な行動を取らず、この本で学んだサバイバルの知識を総動員すれば、きっと勝者になれるはずだ。

181

付録 関連用語集

【A-Z】

CFC フロンガス（正式にはクロロフルオロカーボン）。人工的につくりだされたガスで、オゾン層を破壊する。

HELP 熱放出低減姿勢。水に浮いているときに体の熱をなるべく奪われないように取る姿勢。

【あ】

アイウォール トロピカル・サイクロンの目の周囲にある、最も強い風の吹く領域。

アイス・アウル 氷に小さな穴を開ける先端の尖った道具。

雨 降水の最も一般的な形。液体状態の水の粒。

イオン圏 「熱圏」の項を参照のこと。

イグルー 雪のブロックでつくられたドーム型のシェルター。

緯度 赤道と平行に走り、南北に距離を測る座標のひとつ。

稲妻 空中電気の放出によって生じる閃光。

ウィンドチル 実際の気温ではなく、寒さに風が加わったときに人体がどのように感じるかを示す指標。

永久凍土 地表が永久に氷に覆われているか、永久に凍結している土壌。

壊疽 栄養障害により体の一部の組織が壊死すること。

エルニーニョ ペルーとエクアドル沖の海域に周期的に流れ込む暖かな海水。広範囲にわたる環境に影響を及ぼす。

オゾン層 太陽から放射される紫外線を吸収する大気層。

温室効果 地球の大気中に熱を保持する働きをもつ温室効果ガスが増加し、結果として地球上の気温が上昇する現象。

温暖前線 暖気が寒気団に向かって進む際に生じる前線。

温度 物体や物質の持つ熱エネルギーの量。

付録　関連用語集

【か】

外気圏　地上499kmより上方に広がる大気層。惑星間空間へとつながる。

重ね着　衣服を何枚も重ねて外に熱が逃げないようにすること。

干ばつ　長い間雨が降らず、乾燥した状態が続くこと。

寒冷前線　冷たい気団が暖かい気団に向かって進む際に生じる前線。

気圧計　気圧を測る装置。

気候　長期にわたる気象の総合的な状態。

気象衛星　地球を周回する人工装置。雲の状況などの映像を集める。

気象学者　地球の大気の状態やその中で起こる現象を天気や天気予報に重点を置いて研究する科学者。

北回帰線　北緯23度の緯線。

北半球　赤道を境にした地球の北側の半分。

気団　気温や湿度がほぼ一定な大気のかたまり。

強風　強い風。

極循環　経度60度から極域に垂直方向に広がる南北両半球のふたつの循環セル。

雲　大気中に浮かぶ、目に見える微細な水滴または氷晶の集まり。

経度　本初子午線と平行に走り、東西に距離を測る座標のひとつ。

ゲートル　湿気、ほこり、石の侵入を防ぎ、すねを保護するために着用する、布またはビニールでできた服飾品。

巻雲　高い高度に出現し、羽毛のように見える白く薄い雲。

巻積雲　空の高いところに現れる薄く小さな雲。小さなかたまりが集まってまだら模様をつくる。

高気圧　中心の高気圧域から外に向かって渦を巻きながら風が吹き出している。晴天をもたらす。

降水　水が液体または固体の状態で大気を通過して地上に落下する現象。

高積雲　対流圏の中層にできる、ふわふわした雲。水の微粒子でできている。

高層雲　対流圏の中層に現れる雲で、幾層にも重なっている。水の微粒子でできている。

高度　基準となる面からある地点までの垂直の距離。

コリオリ効果　海流や風のような運動物体が地球の自転によって本来の運動方向から見かけ上それること。北半球では右に、南半球では左に作用する。

コレラ　激しい嘔吐や下痢をともなう感染症。

【さ】

サイクロン　渦を巻きながら低圧帯に向かって吹き込む風。悪天候をもたらす。

ジェット気流　対流圏上層に存在する速度の速いふたつの大気の流れ。

湿度　大気中に含まれる水蒸気の量。

蒸発　物質が液体から気体に変化すること。

照明弾　陸上または海上で使用される発光弾。遭難した際、炎か光で自分の位置を知らせることができる。

183

上陸 トロピカル・サイクロンが海上から
　　　陸上に上がること。

蒸留器 液体を温めて発生した気体や蒸気
　　　を凝縮し、液体にする装置。

浸水足 塹壕足とも呼ばれる。高い湿度の
　　　ところに長時間足を露出していると発症
　　　する。細菌の感染を起こすこともある。

砂嵐 大量の砂が激しく吹きつける嵐。

成層圏 高度 10 ～ 48km の領域に広が
　　　る、オゾン層を含む大気層。

積雲 むくむくした白い雲。上昇気流によっ
　　　て生じる。

積層雲 空の高いところに現れる薄い雲。
　　　空に白っぽく半透明なベールがかかっ
　　　たように見える。

赤道 緯度 0 度の緯線。

積乱雲 雲頂がかなとこのような形をした
　　　積雲。鉛直方向に著しく発達し、通常
　　　は雨をもたらす。

赤痢 血液や粘液の混じった下痢をする病
　　　気。

雪眼炎 雪に反射した紫外線に長時間にわ
　　　たり目をさらした場合に起こる目の障
　　　害。痛みをともなう。

前線 (面) 気温の異なる気団がぶつかった
　　　ときにできる両気団の境界面、または
　　　それが地表面と交わっているところ。

層雲 灰色の層状の雲。

総観地図 ある地域の天気の状況を記号で
　　　示したもの。気象学者が天気を予報す
　　　るときに使う。

相対湿度 空気中に含まれる水蒸気の量と
　　　その同温、同圧における飽和水蒸気量
　　　との比。

【た】

体幹 体の中心となる部分。生命を維持す
　　　るためには体幹の温度を保たなければ
　　　ならない。

大気 地球を取り巻く気体の層。

大気圧 大気の重さによる圧力。

台風 北太平洋の西側で発生するトロピカ
　　　ル・サイクロンに対して用いられる用語。

太陽蒸留器 混入物のある水を太陽熱を利
　　　用して蒸留する装置。

太陽の黒点 太陽表面に周期的に現れる
　　　黒く見える部分。

対流 流体の移動により熱が運ばれる現
　　　象。

対流圏 地表から 10km の領域に広がる
　　　大気層。

対流圏界面 対流圏の上端。

高潮 トロピカル・サイクロンの上陸にとも
　　　ない、海水面が異常に高まること。

脱水症 体液が著しく欠乏した状態。

竜巻 渦を巻いた風と漏斗状に垂れ下がっ
　　　た雲を特徴とする危険な嵐。

チムニー登り 岩と岩の隙間に両手・両足
　　　をついて登ったり下りたりすること。

中間圏 高度 48 ～ 80km の領域に広が
　　　る大気層。

腸チフス 発熱、下痢、腸炎の症状が見ら
　　　れる疾患。

低体温症 長時間寒い環境にさらされ続け
　　　て深部体温が低下した状態。死に至る
　　　こともある。

ティピー 3 本以上の木の棒の一端を束ね
　　　て広げ、地面に建てた円錐形の住居。

付録　関連用語集

天気　特定の区域のある特定の短期間における大気の状態。

伝導　温度の異なるふたつの物質を接触させたときに熱エネルギーが移動する現象。

凍傷　体の組織が凍り、組織に損傷をきたした状態。最悪死に至る。

トロピカル・サイクロン　中心の気圧が低く、回転する渦状の雲が発生する激しい嵐。周囲に甚大な被害をもたらす。

【な】

雪崩　雪や氷のかたまりが山の急斜面を急激に崩れ落ちる現象。

熱圏　高度 80 〜 499km の領域に広がる大気層。イオン圏とも呼ばれる。

熱射病　体温が異常に高くなった状態。意識を失うこともある。

熱帯収束帯 (ITCZ)　「無風帯」の項を参照のこと。

熱疲労　過度に暑い環境下、極度の疲労、水分不足によって起こる。

【は】

ハドレー循環　赤道付近で上昇した暖かな空気は緯度 30 度付近まで移動した後、下降する。赤道から緯度 30 度付近の間に鉛直方向に広がる南北両半球のふたつの循環セル。

ハリケーン　北アメリカや中央アメリカに影響を与える、激しい雷雨と渦を巻く風を特徴とするトロピカル・サイクロン。直径は数百キロから 1000 キロに達することもある。

氾濫原　定期的または一時的に発生する洪水の影響を受ける地域。

ビーコン　雪崩が発生する怖れのある場所に行くときに携帯する装置。雪崩に巻き込まれても、救助隊がビーコンの発する信号をたどれば居場所を突き止めることができる。

日焼け　太陽光に長時間さらされたときに起こる皮膚の炎症。

日焼け止め　日焼けから皮膚を保護するためにつけるクリームまたはローション。

雹、霰　空から降る小さな氷のかたまり。

風速計　風速を測定する器械。風を受けて回転する風杯が数個付いている。

フェレル循環　緯度 30 度から 60 度の間に鉛直方向に広がる南北両半球のふたつの循環セル。ハドレー循環と極循環の間の大気の循環。

ブリザード　厳しい寒さと吹雪をともなう強風。

ヘリオグラフ　太陽光線を反射して合図を送る装置。

ベンツ　余分な体の熱を逃がすために、衣服やジッパー、ボタンを開けること。

放射　熱が物体から放出される過程。

ほくち　火をおこすのに使われる、小さく乾燥した燃えやすい材質のもの。

【ま】

マウンテン・ビブ　サスペンダーとハイウエストバンドがついたズボン。保温性に優れる。

185

マンテリング　岩の上に体を引っ張り上げたり下ろしたりするのに使われるロッククライミングのテクニック。

南回帰線　南緯 23 度の緯線。

南半球　赤道を境にした地球の南側の半分。

無風帯　赤道付近の風の弱い海域。熱帯収束帯とも呼ばれる。

目　トロピカル・サイクロンの中心にある、風が弱い区域。

メキシコ湾流　主要な表層海流のひとつ。暖流に分類される。

モンスーン　雨季をもたらす、季節によって吹く方向を変える風。

【や・ら】

雪　氷晶、凍雨、氷片など、固体状態の水の降水。

雷雨　雷、稲妻、降雨をともなう激しい嵐。

乱層雲　空一面を覆う低く暗い雲。雨を降らせることが多い。

ゲリー・マッコール （Gerrie McCall）
アメリカ、メキシコ湾岸の台風の多い街で生まれる。オハイオ州立大学で自然地理学を教える研究者、災害アドバイザー、著述家。ハイキングとキャンプが趣味。

内藤典子 （ないとう・のりこ）
英語翻訳者。同志社女子大学大学院修士課程修了。高校講師などを経て、書籍翻訳に携わる。訳書に『モダニスト・キュイジーヌ アットホーム』（共訳、KADOKAWA）、『呼びだされた男』（共訳、早川書房）がある。

SURVIVING EXTREME WEATHER

This translation of Surviving Extreme Weather
Copyright© 2004 Amber Books Ltd., London
Copyright in the Japanese tranlation ©2019 Hara Shobo
with Amber Books Ltd.
through Japan UNI Agency, Inc., Tokyo

図解
異常気象のしくみと
自然災害対策術

●

2019 年 7 月 31 日　第 1 刷

著者…………ゲリー・マッコール
訳者…………内藤典子

装幀…………一瀬錠二（Art of NOISE）

発行者…………成瀬雅人
発行所…………株式会社原書房

〒 160-0022 東京都新宿区新宿 1-25-13
電話・代表 03（3354）0685
http://www.harashobo.co.jp
振替・00150-6-151594

印刷・製本…………シナノ印刷株式会社

©Naito Noriko, 2019
ISBN978-4-562-05643-9, Printed in Japan